CHARADE BUNKO

Illustration

周防佑未

CONTENTS

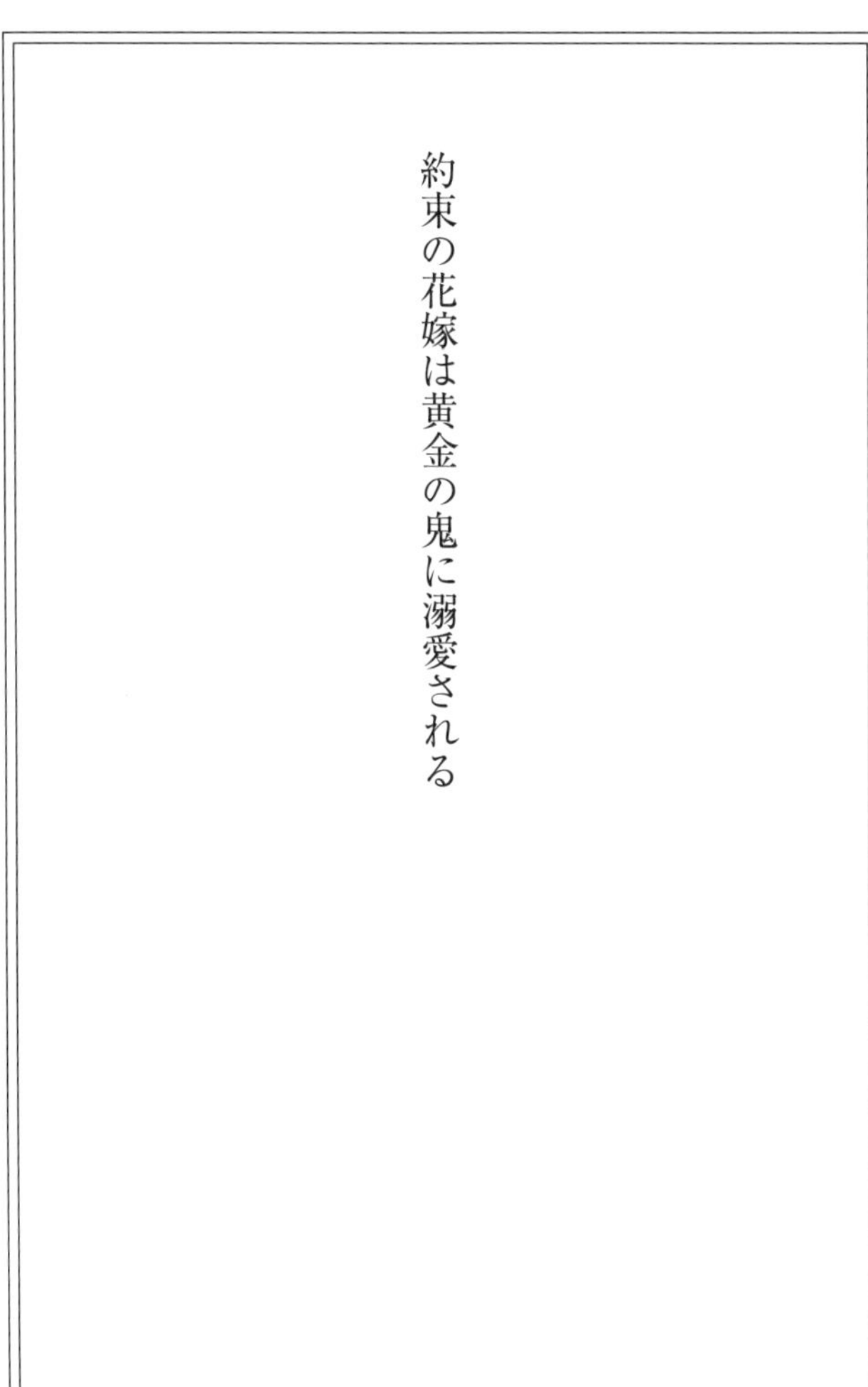

約束の花嫁は黄金の鬼に溺愛される

「じゃあ、またあとで」

キャンパス内にあるカフェの前で、小森維月(こもりいつき)は友人と別れた。少し前に、午前中の講義が終わったところだ。

午後の講義終了後、再び集まる予定だった。

今日は維月の二十歳(はたち)の誕生日なので、別の友人三人も加えてバースデーパーティを開いてくれることになっていた。

その前に、村野啓介(むらのけいすけ)と会う約束があった。

村野は教育学部、自分は薬学部で学部は違うが、都内の私立大学に通っている。中学と高校も同じの一学年上で、馴染(なじ)み深い頼りになる先輩だ。

薬学部を選んだのは家庭環境が大きく影響している。

維月の身内は、とにかく医療従事者が多かった。親兄弟をはじめ、親族のほとんどが医師や看護師、薬剤師、理学療法士などだ。

そんな環境で育ったので、自然と今の進路を選んだ。

「時間、ぎりぎりかな」

時刻を確認したスマートフォンをデイパックにしまった。待ち合わせ場所に、心持ち早足で向かう。

維月の誕生日だからと、村野がランチを奢(おご)ってくれるのだ。

ほどなく、指定された未使用の講義室に着いた。

静かにドアを開けると、白のインナーにデニム、ノーカラーの黒いジャケット姿の村野がすでに来ていた。

早めの行動が信条の人だけに、待たせただろうか。

ドアを閉めて、入口から一番遠い席に腰かけた彼のそばに歩み寄った。

「待ちました?」

「いや。オレもさっき来たばっか」

「よかったです」

安堵(あんど)しつつ、デイパックを机の上に置いた。スマートフォンを手にした村野が話しかけてくる。

「まずは、なにを食うか決めて店を選ぼうぜ」

「はい。先輩はなにがいいですか?」

「小森の誕生日なのに、オレに訊いてどうすんだ」

「あ。つい、くせで…」

「そうやって、人に合わせすぎるせいで誤解されるんだって」

「すみません」

何度目になるかわからない注意を受けて、小さく肩をすくめた。

たいした魅力もないと思うのに、中学生になった頃から男女を問わず頻繁に告白されて困惑する日々だ。

好意を持たれるのはうれしくても、恋愛感情には結びつかない。

誰とでも分け隔てなく接してきた結果かもしれなかった。あとは、自分の基準で物事を判断しがちなのも一因と指摘されていた。

正直なところ、改善方法はわからずにいる。

人によって態度を使い分けるほうが、維月にとっては難しい。いろんな人と打ち解けて話すのが楽しかった。

思ったことをストレートに表現してなにがいけないのかも戸惑うけれど、この考えを直さない限り、事態は変わりそうにない。

相手を傷つけない断り方をたびたび相談される村野も迷惑だろう。

「気をつけます」

「とか言って、今日も誰かに誕生日を祝ってもらうんだろ」

「友達ですけど」

「…トモダチね。ちなみに、オレもそいつらの中のひとりか？」

「プラス、中学校以来の『先輩』ですね」

「それだけか？」

「ほかになにかありますか？」

「………」

「先輩？」

正しい関係性を述べたはずだがと、首をかしげた。

おもむろに腰を上げた村野が維月の隣に立ち、どこか強張ったような表情で見下ろしてくる。

どうかしたのだろうかと訝る間もなく、不意に抱きついてこられて驚いた。

ふらつきかけたのを、どうにか踏みとどまる。もしかしたら、なにかの発作でも起こして足元をよろめかせた可能性もあった。

村野を支え、顔を覗き込みながら見上げて訊ねる。

「大丈夫ですか？　具合が悪……」

「いい加減、我慢も限界だ」

「はい？」

そう口走られて眉をひそめたら、指が食い込む勢いで両肩を摑まれた。血走った両目をした村野の顔が迫る。

「昔から、その目でオレを誘ってたな」

「え？」

「周りを牽制してもキリがないし、当の本人がオレ以外のやつにも笑顔を振りまいて」

「……あの…？」

「いつか、誰かにかっさらわれるとか最悪。つか、誰にも渡すもんか」

「えっと？　……って、わ⁉」

意外なことばかり連発されて当惑した直後、身体が傾いだ。

気づけば、強引に床へ押し倒されて、馬乗りになられていた。

ボタンが弾け飛ぶ鈍い音が響き、着ていたシャツが引き裂かれた。さらに、股間へ触れてこられて息を吞む。

なにをされそうになっているのか、さすがに理解できた。

別に、ゲイに対して偏見は持っていないが、自分が対象となると困る。そもそも、村野からそういう目で見られていたなんて想像もしなかった。

信じていた相手の豹変ぶりも、少なからずショックだ。

激しく動揺する傍ら、反射的に力の限り抗った。

「やめてくださいっ」

「自業自得だ」

「そんな覚えはありません」

「黙れ！」

おとなしくしろと、平手打ちを往復でされて眩暈を覚えた。

身構えていなかったので、唇の端が切れたようだ。口の中に血の味が広がって一瞬怯んだが、抵抗はつづけた。

手足をばたつかせるものの、村野は身長が一八〇センチ近くあって、体重もそれなりにある。片や、一六二センチで五十キログラムもない小柄な体格の自分は不利だった。

運動神経はいいけれど、体力面には自信がない。己の非力さを嘆くのも束の間、下半身の衣服にも手がかけられた。

カーキ色のテーパードパンツを無理やり下げられそうになり、さらなる危機感に焦る。

下着の中に入ってこようとする村野の手に身をよじった。

「やだ！」

短く叫んだ瞬間、身につけているチョーカーの異変に気がつく。

直径三センチほどの勾玉のような形をしたペンダントヘッドは、鑑定してもらった結果、グリーンベリルという宝石だった。

とてもきれいなライムグリーンで、角度によってはきらびやかな金色の光を放ち、磨かずにいても輝きを失わない。

これを左手に握って生まれてきたのだと、両親たちに聞いていた。

真偽はさておき、維月専用のお守りだから肌身離さず持っておけと言われ、三歳頃からチョーカーにして身につけている。

それが唐突に、首元が火傷しそうなくらい熱を帯び始めた。

同時に、不可解な感覚に全身が支配される。

「？」

洋服を着ているはずの自分が和服をまとい、泣きながら長い黒髪を振り乱して、懸命に暴れていた。その姿と、現在の自分の姿が二重写しに見えたのだ。

現状と同様に、もうひとりの維月の和服はひどく乱れ、帯もほどけて素肌が見えたあられもない格好だったが、やはり全力で抗っている。

声は聞こえないけれど、口元の動きで『やめて』と読み取れた。

なんなのだろうと内心で困惑したものの、下腹部に硬い物体を押しつけてこられて我に返った。

幻覚めいた映像は消え去り、息を荒らげた村野が視界に入る。

切迫感が増し、「誰か！」と助けを求めたときだ。

かなり間近で大爆発でも起きたような轟音が鳴り響いた。次いで、すさまじい閃光が講義室に走る。

「!?」

「うわあっ！」

その直後、村野ともども吹き飛ばされた。突然のことで、声すら出ない。

村野の悲鳴も、猛烈な爆音でかき消えた。あまりの眩しさに両眼を固く閉じた維月も、どこかにぶつかるだろう衝撃に備えて身を固くする。

やがて静けさが訪れた室内で、彼の苦しそうな呻き声が聞こえた。

そっと瞼を開くと、閃光もおさまっていて、詰めていた息を吐き出す。

予想に反して、壁や床などに叩きつけられることもなかった。それどころか、温かくて弾力のあるなにかに包まれて無事だ。

いったい、なにが起こったのだろうか。緊張感を保ったまま、周囲の様子を窺おうとした維月の耳に、硬質ながらも甘い低音が届く。

「歴史は繰り返すか。だが、過ちは反復せずにすんだ」

「……っ」

声のほうへ無意識に視線を向けて、双眸を瞠った。

そこには、黄金をまとったような、太陽の化身と見まがいそうな長身の青年がいた。
洋服と和服が混ざった黒ずくめの独特な格好の青年に、横抱きにされている。
目が合った刹那、なんとも言い表せない懐かしい想いが一気に込み上げてきた。
左眼は眼帯で隠れているけれど、片方だけでも充分に美しい金色の右眼を微かに細めて維月を見つめてくる彼が再度、口を開く。

「なんと、むごい」

「え？」

「打たれた傷か。血が滲んでいるな」

「あ……さっきの…」

「だが、この程度はどうとでもなる。おまえがいてくれさえすればいい」

「はい？」

「ようやく、会えた」

「………」

初対面なのに、そんなことを言われてもと返事に窮した。
仮に、どこかで会ったなら、こんなに目立つ人物は絶対に忘れない。間違いなく別人だと答えるより早く、青年が厳かな口調で告げる。

「今こそ、誓約を果たすべく迎えにきた」

「なにを……？」

「時は満ちた。愛しき、我が花嫁」

「はっ……んんぅ⁉」

花嫁という単語に、人違い疑惑を深めて間もなくだった。

端整すぎる顔を傾けてきた青年が、維月の唇に自らの唇を重ねた。ファーストキスがと目を見開く。

身体を抱く腕にいっそう力が込められて、これは夢だとの結論に達する。

現状の異常さに思考が追いつかず、現実逃避に走った。そういえば、ペンダントヘッドはもう熱くなくなっている。あれも、きっと気のせいに違いない。

ずっと張りつめていたものが途切れた自覚もないまま、維月の意識は闇に沈んだ。

「人間とは、こうも華奢なのですね」

「本当に成人してるのか？」

「そう聞いていますよ。二十歳を迎えたと」

「二歳の間違いじゃなくて？」

「気持ちはわかります。我らの生後ひと月くらいの大きさですし」

「やっぱり、元服前か」

「それならば、まだ娶らないでしょう」

「まあな。よくわからない生き物だが、麗しいのは確かだ」

「ええ。真珠色の肌に濡れ羽色の髪、珊瑚色の唇、繊細に整った甘い顔立ちは秀逸です」

「眼はどんな色なんだ？」

「さあ…。どのような色でも、美貌に変わりはなさそうです」

「仲間内にもいない佳人だな」

誰かが耳元で話す声が聞こえた。男性が二人いるようだ。にぎやかではないものの、通りのいい声で聞き心地がよかった。

内容はほとんどといっていいくらい、入ってこない。

眠りの世界でまだ揺蕩っている維月をよそに、会話はつづく。

「とはいえ、こんなに小さくて、契るとき壊れないのか？」

「里の者の懸念はそこです」

「だよな。ちょっとつついただけでケガするとか、洒落にならないぞ」

「そこまでヤワではないことを願います」

「俺たちで鍛えるわけにもいかないしな」

「待望の花嫁ですからね」

「花嫁をあんまり筋骨隆々にするのも、まずいか」

「お子を孕む際、筋肉問題で支障が出てもいけませんし」

「なんだかんだで、見た目も大事だからな」

「心配の種は尽きませんね」

徐々に浮上していく意識が覚醒に近づく。

働き始めた思考が、声の主は兄たちではと推測した。

それぞれが医師の彼らが珍しく、そろって休みらしい。維月の部屋に来てサプライズでもしかけようとしているのかもしれなかった。

年が十歳以上離れているせいか、可愛がってくれる二人の兄との仲は良好だ。よくかかわれたりもするが、兄弟というよりもはや保護者で、ひとりっ子の感覚で育った。両親や祖父母も含めて、愛された記憶しかない。

こちらが先に兄たちを驚かせてやろうと思いつく。

早速、寝返りを打つふりで、声がするほうを向いた。薄目を開けて窺うと、枕元には、黒と白の毛並みをした柴犬の子犬が二匹、ちょこんと座っていた。フワフワ、モコモコの小さな塊に、たちまちメロメロになる。

あまりの愛らしさに、兄のこともも逆サプライズも忘れ去った。

上掛けの布団を撥ねのけ、勢いよく上体を起こして言う。

「めちゃくちゃ可愛いっ」

「！」

「……っ」

咄嗟に、子犬たちがギョッとした様子を見せた。

撫でようと手を伸ばす間際、二人分の男性の声がする。

「びっくりした。なんだ、起きてたのか」

「いきなりでしたね。不覚にも気づきませんでしたよ」

「へえ。眼の色も黒か」

「髪とそろいとは、神秘的ですね」

「!?」

ありえない事態に遭遇し、唖然と子犬を凝視した。

よく見ると、黒柴は碧色で白柴は紫色の瞳だった。柴犬の眼は茶色のはずなので、奇妙な取り合わせだ。

おまけに、普通はタンがある額のあたりに、それぞれ微妙に形が違う模様があった。

二匹を交互にマジマジと眺めながら、呆然と呟く。

「い、犬がしゃべった……？」

しかも、しっかり日本語だ。一匹はフランクで、もう一匹は丁寧な口調で性格の違いが出ている。いや。そんなことより、もしかして自分はまだ夢の中にいるのだろうか。目覚めた夢を見ただけで、実は今も眠っているとか。

「夢だったら、しゃべる犬がいてもおかしくないよね」

「寝惚けたことを言うな」

「……え？」

独り言ではなく、寝言に返事をされて驚愕した。黒柴が不本意そうな口ぶりで口を動かすのを目撃してしまい、呆気に取られる。

CGでないとすれば、どんな声帯の構造だと思った。

愕然とする維月を知ってか知らずか、黒柴の言葉がつづく。

「だいたい、俺は犬じゃなくて霊獣だ」

「霊……!?」

「狛犬に似てるってだけで、失礼なやつめ」

「狛……？」

「そのとおりです。霊験あらたかでもない、そこらへんの駄犬や動物扱いは勘弁していただきましょうか」

参戦してきた白柴からも、猛抗議を受けた。

霊獣と言われたところでピンと来ない。狛犬と犬の区別もはっきりしない上、気になるのもそこではなかった。

なにより、夢ではないとするなら、この状況はいったいと途方に暮れる。

とりあえずは、自分が間違えていた点については謝ろう。人でも、別の名前で呼ばれるのは、あまりいい気はしないからだ。

「…えっと、すみませんでした」

「よしよし。素直でいいぞ」

「おわかりいただけたのでしたら、けっこうです」

即行で機嫌が直ったとみえて、黒と白の小さな尻尾が振られた。

犬みたいな反応だという感想は、なんとか呑み込んだ。維月の膝に飛び乗ってきた黒柴を無意識に撫でると、元気よく言われる。

「俺は瑠璃だ。瑠璃って呼んでくれ」

「初対面で呼び捨ては失礼な気が…」

「それ以外で呼ばれても、返事しない」

「……わかりました」

「わたくしは玻璃と申します。以後、お見知りおきを」

「ご丁寧にどうも…」

「呼び方は瑠璃と同じく、玻璃とお呼びください」

「そうさせてもらいます」

白黒柴から、あらためて挨拶され、維月も軽く頭を下げた。話しかけられて、弾みで答えてしまっている。

この流れでいけば、こちらも名乗るのが礼儀だろう。

キツネにつままれたような心境で、つられて自己紹介する。

「…小森維月です。よろしくお願いします」

「維月様か」

「よい名ですね」

「あの、『様』はつけなくていいですけど」

「『殿』にしてもいいが、敬意が『様』より下がるからな」

維月の要望に、瑠璃が端的な返答をよこした。

なんの敬称もいらないし、つけるとしても『さん』くらいでと言うより先に、玻璃が応じる。

「それはいけません」

「だよな。じゃあ、維月様で」

「維月様は我らに対して、あらたまった話し方をしなくてもよいのです」

「でも…」

「お願いいたします」

「う……」

謎めいた紫色の双瞳で念押しされて参った。

瑠璃も碧い瞳でじっと見上げてきて、なにか事情があるのかもと思うと、無下にはできずに聞き入れる。

「わかりま……わ、わかったよ」

「ありがとうございます」

「よし。おおざっぱな今後の方針は決まったな」

あっさりと決定事項になって溜め息をつき、ふと周囲に目をやった。

維月がいるのは、畳敷きの広い和室だった。そこに敷かれた豪華絢爛な大きめの布団に寝かされていて、光沢のある着物を着ている。

着物好きな祖母の影響で、着心地からも値が張る正絹ではと思った。

インテリア類も、いかにも高価そうなものばかりだが、維月が知るものよりもひと回り以上はサイズが大きい。

当然ながら、どれを取ってても見覚えはなかった。

戸惑いは増す一方だったけれど、とりあえず洋服について訊ねてみる。

「僕の服はどこ？」

「服って、あのヘンテコな布きれのことか」

「へんて……まあ、そうかな」

「あれなら、あちこち破れてひどい有様だったから処分した」

「ええっ」

「着物でしたら、たくさんございますので心配無用です」

「数じゃなく……あ！」

彼らの返事を聞いているうちに、ふと記憶がよみがえった。

目覚める前の出来事を思い出す。村野に襲われて絶体絶命というとき、金髪金眼の眼帯美青年が爆発のあと現れた。

あの状況では洋服ばかりか、デイパックも無事ではないだろう。

彼に助けてもらったのはいいが、『ようやく会えた』とか『迎えにきた』とか、変なことばかり言っていた。

果ては『花嫁』呼ばわりされたあげく、唇まで奪われたのだ。

「……現実、なの…？」

思い出して頬が熱くなる。ただ、講義室で起きた原因不明の爆発で、村野がどうなったのか気がかりだ。

重傷だったり、それ以上のことになっていたりしたらどうしよう。

さんざんな目に遭わされた相手とはいえ、安否は気にかかる。

あの金色の眼の青年に訊けば、わかるに違いなかった。彼はおそらく偶然、あの場に居合わせて、自分を病院に運んでくれたらしいと思ったものの、確信は持てない。

目の前に、二匹の子柴もどきがいるせいだ。

動物は普通、病院には入れない。セラピードッグならいるが、犬ではないらしいので話にならなかった。

だいいち、人間並みに流暢な言葉を話せる動物など存在しない。

病室に関しても、いくら個室といっても、ベッドではなく畳に布団なのも変だしと堂々巡りになった。

考えあぐねた末、思い切って瑠璃と玻璃に問いかける。

「ここは、どこ？」

「金鬼の里だ」

「き……？」

聞いたこともない地名に眉を寄せた。維月のそばに座る玻璃を見たが、可愛くうなずいただけだ。

ますます怪訝に思い、膝に乗っている瑠璃に訊く。

「麻布じゃないの？」

「それこそ、どこだ？」

「どこって東京だよ」

「トーキョー？　アザブにしろ、変わった名だな」

動物が言葉を解するのも大概だが、日本語は通じるのに日本の首都を知らないなんてと対応に苦慮した。

どう説明すればいいか迷う維月に、今度は玻璃が返す。

「たしか、トーキョーとは倭国の今の都ですね」

「へえ。京から遷都したのか」

「一五〇年ほど前の話です」

「つい最近だな」

「ええ。なんにせよ、人間の住処のひとつには違いありません。……維月様」

「なに？」

一世紀半を最近扱いするのかと、密かに唸る。どうやら、時代は自分が生きている二十一世のようだと思っていたところに名前を呼ばれた。

玻璃に視線を向けると、淡々と言われる。

「ここは、維月様がいらした人間の世界とは次元を隔てた場所にある、金鬼という種族の鬼が住む里になります」

「……鬼の…里……⁉」

「はい」

「お、鬼って、あの……角とか牙が生えてたりする鬼なの？」

「そうですが」

「…からかってるんじゃ、ないんだよね？」

「あいにくですが、つくり話でも夢でもありません」

「……っ」

断言されて、激しく胸を喘がせた。一応、自分の頬を強めにつねってみたけれど、かなりの痛さに現実と思い知る。

異次元に迷い込んだなんて嘘だと思うのに、嫌な予感がして気持ちが逸った。

それでも、半信半疑でいる維月が縋るように訊ねる。

「僕は、家に帰れないの？」

「いいえ」

「じゃあ、帰れるんだね！」

「そうだといたしましても、輿入れしたばかりの花嫁が里帰りの話をするなど、気が早すぎるのでは？」

「輿っ……」

「せめて、お子を孕むまでは花婿と水入らずで過ごすのがよいかと」

「子？　って……誰が産むの……？」

「維月様です」

「……僕、男だよ？」

「なんの問題もございません」

「はあああ⁉」

問題ありまくりだろうと絶叫したくなった。ただでさえ、にわかには信じがたい話ばかりなのに、妊娠・出産と聞いて混乱を極める。

いくらなんでも荒唐無稽（こうとうむけい）すぎて、信憑性（しんぴょうせい）に欠けた。

今からでもいいから、全部ドッキリだと誰かに言ってほしい。だまされて悔しいとか怒らないし、むしろ安心する。

瑠璃と玻璃も、実は精巧にできた犬型ロボットではと一縷（いちる）の望みを持った。

膝に抱いた瑠璃を猛然と触ったが、もふもふしていて機械的な感触はいっさいなくて肩を落とす。

そもそも、男の自分が子供を産むとか医学的に不可能だ。

もしできたら、もはやホラーでしかない。とはいえ、冗談ですませようにも、柴犬もどきが話している段階で尋常ではなくて頭が痛かった。

いてもたってもいられなくなり、瑠璃を膝から下ろす。

「おい、どうした？」

「維月様？」

布団から抜け出し、駆け寄った障子を開いて廊下になっている縁側に出た。瑠璃と玻璃が追いかけてくる気配がしたけれど、振り返る精神的余裕はない。

維月の目に、まず鮮やかな色彩が飛び込んできた。

すっきりと晴れ渡った、のどかな気候も素晴らしい。吸い込んだ空気も新鮮で、あらゆるものの色がくっきりとしていた。

ただし、見慣れた風景との違和感は絶大だ。

どこまでもつづく深緑の広大な森林と咲き誇る花々、頂にうっすらと雪化粧をまとった山々、遠くに見える紺碧の水、七色以上ある虹、昼間にもかかわらず、青空にはぽっかりと三個もの月が出ている。

「……っ」

加えて、空を飛んでいる鳥は双頭で翼が四枚もあった。

庭の垣根にとまったトンボは成猫ほどの特大サイズ、池の中を泳ぐ魚は錦鯉など比較にならない極彩色に光り、日向ぼっこ中のトカゲには頭部に豊かな毛が生えていて、咲いている花の大きさは人の顔面くらいのものばかりだった。

極めつきは、植栽の手入れを黙々とこなす庭師らしき人影だ。

紺色の作務衣を着たその人物は身長が優に二メートルを超える巨人で、身体つきは厳めしい。

肌は浅黒く、犬歯なのか上唇から牙が覗き、長い金髪を後頭部の少し上でひとつにまとめて、こめかみには二本の角があった。

「お……鬼!? ……なのに、ポニーテール…？」

鬼といえば、もじゃもじゃの短髪ではとの考えが即座に浮かんだ。着ているものも、なにか違う。虎柄のパンツではと、先入観による訂正箇所を探す自らに直ちにブレーキをかける。

今は、呑気にかまえていられる状況ではなかった。

眼前に広がる見慣れない景色と存在を再認識し、ぼんやりと呟く。

「……ていうか、なんなの……ここ？」

こんな風景や生き物は、日本のどこでも見たことも聞いたこともない。たぶん、世界中に捜索範囲を広げてもないだろう。

維月が気を失っている間に、本当に異次元の場所に連れてこられたのだ。

いわゆるタイムスリップではなく、神隠しみたいな現象か。

実感は少しもわかないが、そう納得せざるをえない光景を突きつけられて瞠目する。夢なら早く覚めてと、思わずその場にへたり込みかけた腰が不意に支えられた。

「大丈夫か？」

「！」

ハッとして視線を向けると、巨軀の人が至近距離にいた。厳密には人ではなく、庭にいる鬼と同種に見えた。

こめかみに生えている二本の角と浅黒い肌、全体的に逞しい体格はともかく、背中まである金髪に左眼を眼帯で覆った理知的に整った顔つきと声には覚えがあった。

こちらは、髪は結っていない。服も作務衣ではなく、チャコールグレーの着物に赤紫色の帯を合わせたシックな印象の和装で、眼帯は着物と共布だ。

身長は軽く二メートルを超えている。目を合わせようとすると、真上を見ないといけない高さだ。目測でも、驚異の二五〇センチはありそうだった。

縦も横も、維月とは格段に格段の差があった。小学校低学年の子供と、大人くらいの体格差だ。

前に会ったときと肌の色が違っているし、角や牙もあったりして迷ったけれど、おそるおそる確かめる。

「まさか、あなたは……あのときの、金色の人…？」

「ほう。人界に赴くので一応、人の姿を取ったが、本来の私を見てすぐにわかったか」

「……っ」

どこかうれしそうな声色まじりの答えが返った。

どう応じればいいのか判断に困っていると、つづけられる。

「意識が戻ったようだな」

「あ……はい」

あの青年が鬼だったとわかっても、美しい金色の右眼と目線が絡んだ瞬間、胸の奥が甘く疼いた。

自らの感情に戸惑い、キスされたことも思い出してうろたえる。

「気分はどうだ。どこか痛むか？」

「っ……」

「どうした？」

「えっと…」

さらに問いかけられたものの、うまく返事ができずに小さくかぶりを振った。

優しい眼差しに目を伏せた際、ふと気づく。そういえば、村野に殴られて切れていた口元の傷が痛まない。

慌てて患部に触れてみたが、傷口も痛みもなかった。

どういうことだと双眼を瞬かせた維月の胸中を読んだように、彼が言う。

「そこは、もう治した」

「……傷を治すなんて、どうやって？」

「私はおまえの一族のように医師や薬師ではないのでな。霊力だ」

「霊力⁉」

「人間風に言うなら超能力、あるいは異能か」

「！」

鬼ならば、不思議な力を持っていてもおかしくないのではと考えつつ青年を見つめ返し、再び目が合った。

冷淡な口調とは裏腹に、ひどく愛おしいというような表情を認めて困惑する。そんなふうに見つめられる心当たりがないせいだ。

なぜか高鳴る胸を必死に抑えて、自身を奮い立たせる。

超能力を使ったなんて、とても信じられなかった。なにか言い返そうにも、実際に傷はなくなっているので、嘘とも断じ切れないのが悩ましい。

そうだと村野の件を訊ねたら、重傷だが命に別状はないと返された。壊れた講義室も修復ずみらしい。

「本来、穏便に事を運ぶつもりだったのだがな」

「？」

なんとなく苦々しいといった口ぶりで彼が言った。どういう意味なのかと微かに眉をひそめた維月に、つづけられる。

「人界にも人間にも累を及ぼさずに迎えにいくはずが、あの男がおまえに狼藉を働いたせいで見込みが狂った」

「……え？」

「己を制さねばとわかっていたが、あのような状況に至ってはさすがに抑え切れなかった。意図していなかったとはいえ、おまえにまで怖い思いをさせてしまったのは申し訳ないと思っている」

つまり、あの爆発は、この青年が感情を暴走させて起こしたことなのだ。その反面、彼のおかげで村野の暴行から逃れられた。

理解に苦しむ状況ながら、恩人なのだから礼を述べなくてはという思考にかろうじて辿り着く。

「あの……助けてくれて、ありがとう」

「いや。当然のことをしたまでだ」

「だけど、僕が危ないって、なんでわかったの？」

「それも一種の霊力だな」

「……っ」

一連の話に流されるなと、理性がストップをかけた。

一方で、これが現実なのだから受け止めようと訴える自分もいる。

頭の中が大混乱状態で、現状に思考が追いつかなかった。そんな中でも、彼の発言で家族に想いを馳せる。

礼儀上、きちんとした口調にあらためて告げる。

「僕を家に帰してくれませんか」

「早速、里心がついたか」

「だって」

突然いなくなった自分を、きっと心配する。家出はまだしも、誘拐などの犯罪に巻き込まれたと胸を痛めるだろう。無事を知らせない限り、家族は警察に捜索願を必ず出す。会う約束をしていた友人たちも案じるのは確実だ。

そう言い募ったが、悠然とした態度を崩さずに青年が口を開く。

「その懸念は杞憂にすぎない」

「取り越し苦労なんかじゃありません」

「おまえの一族は、今回の一件を承知だ。ゆえに、友人へも彼らがなんらかの説明をするはずだからな」

「そんなっ」

「事実だ。私にとっては、おまえがなにも知らぬことのほうが意外だった。家の者たちの気持ちは、わからなくもないが」

「……意味不明です」

「まあ、いい。それほどまでに言うのであれば、一族のもとに使いをやろう」

「僕も一緒に帰っ…」

「あいにく、その願いは聞けない」

「どうしてですか?」

さっくりと退けられて、理由はなんだと食い下がる。

上唇から牙が二本覗く形のいい口元が、わずかにほころんだ。

すかさず背後から、瑠璃と玻璃の『わ、笑ったぞ』、『初めて見ました』という動揺まじりの声が聞こえて内心で首をひねった維月に、青年が訊いてくる。

「私が怖くはないのか?」

「本音を言いますと、鬼が実在するなんて今も信じられませんけど」

「そうか」

「一番の感想は、『鬼って大きいな』です」

「なるほど」

堪(こら)え切れないとばかりに噴き出した彼に、瑠璃と玻璃がどよめいた。

なんなんだと思ったが、逸(そ)らされた話を元に戻すのが先だ。

ごまかされないぞと、隻眼(せきがん)を見上げて返答を促した。うやむやにすることもなく、答えてくれる。

「おまえが金鬼の里に慣れた頃、あらためて里帰りは考えるからだ」

「具体的にはいつ頃ですか？」

「真実、私の花嫁になったら」

「……それ、本気で言ってます？」

花嫁と繰り返されて、脱力しそうになった。

男性的なルックスとは胸を張れないまでも、れっきとした男である。溜め息をついた維月に、青年が当然というように答える。

「無論、正気だとも」

「瑠璃と玻璃にも言いましたけど、僕は男ですよ」

「おまえがおまえである限り、性別など関係なく私の花嫁だ」

「僕の話をちゃんと聞いてました？」

「ああ。ところで、身体の調子はいいのか？」

「え？　…まあ、はい」

再度、体調を気遣われて、平気だと返した。次の瞬間、口角を上げた彼に軽々と抱き上げられる。

二メートルを超す長身とあり、天井が一気に近くなった。

親の腕に抱かれた幼い子供みたいな状況で、逞しい肩に手をついたまま言う。

「ちょっと！　なにをするんです？」

「問題がないのなら、おまえを今すぐ花嫁にしよう」

「花嫁にするって、どういう…？」

「契るんだ」

「き、気は確かなの⁉」

「これ以上なく」

古典で学んだ『契る』とは、約束するのほかに性行為といった意味もあったと認識している。この場合は肉体関係を結ぶと取れたので、平常心でなどいられなかった。

花嫁という言葉が生々しく現実味を帯びる。

もはや礼儀など気にしていられず、言葉遣いが素に戻った。

狼狽（ろうばい）のあまり、言わなくてもいい個人情報までうっかり漏らす。

「初めてのエッチなのに、男同士はやだよ！」

「おまえが純潔なのは承知だ」

「僕のファーストキスも、あなたが奪ったんだからね」

「それも知っているが、元々は私のものゆえな」

「わけわかんな……っんん」

またも理解不能な発言をされたばかりか、唇も塞がれて双眸を見開いた。

振りほどこうとしたけれど、追いかけてこられてままならない。盛り上がった胸板や、分厚い肩口を何度も叩いた。

両脚もばたつかせたが、片腕であっさりと押さえ込まれてしまう。

嚙みつくという発想はわかず、手に触れた長い髪を引っ張ると、小さく笑われた。

維月の唇を舐めたあと、額同士をつけた格好で彼が囁く。

「この日を待ち望んでいた」

「な、にを言っ……？」

問いには答えず、微笑んで唇を啄まれ、悠々と歩き出された。

下ろしてくれと訴えたが、聞き入れられない。逃げるにも、がっちりと抱き込まれていて無理だった。

なんとか逃亡計画を練る維月を後目に、青年が瑠璃と玻璃に命じる。

「私が呼ぶまで、部屋に誰も近づけるな」

「はいは〜い」

「うけたまわりました」

「そうじゃなくて、やめさせてよ！　瑠璃、玻璃っ」

「持ちこたえるんだぞ、維月様」

「お頑張りになってくださいませ」

「こんなこと、応援されたくないしっ」

青年を止めるよう催促したけれど、二匹とも尻尾をブンブン振っているだけだ。嬉々として送り出されて、あてにならないと悟った。ならば、庭師の鬼に頼もうと思ったのに、いつの間にか姿が消えていてがっくりくる。

どうすれば切り抜けられるか考えている間に、彼の部屋らしき一室に着いてしまった。運ばれた室内は、維月が寝ていたところより、さらに広い和室だった。インテリア類は落ち着いたトーンで、派手さはなく上品な雰囲気だ。

奥の襖を開けた部屋が寝室なのか、大きなサイズの布団が敷かれていた。

そこへ静かに下ろされてすぐ逃げを打ったが、難なく捕まった。仰向けにされた身体にのしかかってこられる。

軽く開いた脚の間の着物を踏まれているようで、動きづらかった。

「退いてよ」

「逃げても無駄だ」

「離して！」

「もう二度と離さない約束だ」

「そんな約束なんか、僕はしてないっ」

覆いかぶさってきた彼の胸元を押し返したが、びくともしない。

なんとか体勢を変えようとするたび、簡単に押さえつけられて歯が立たなかった。

再び髪を引っ張ったら苦笑され、両手を頭上でひとまとめにして掴まれる。それでも、どうにか手を取り戻そうと全力で頑張ったけれど、敵わなかった。

どう考えても、腕力と体格の差がありすぎる。小柄な維月に巨軀の青年とのあれこれは無謀としか思えず、あきらめずに暴れた。

そのせいか、かろうじて帯はほどけていないものの、着物の襟元ははだけて素肌が見えている。

裾も乱れて、太腿まであらわになってしまっていた。

「なめらかで白い肌の、きれいな身体だ」

「やだ。見ないでよっ」

「愛おしいおまえを見ずにいるのは無理だな」

「う……って、え？　なんで⁉」

内腿を撫でる手が直に性器へ触れてきて、動揺に拍車がかかる。

つけていたはずの下着がないことに驚いた。誰が自分を着替えさせたのかと今さらながらに気づいたが、現時点では彼しか思い当たらない。

確認するより抵抗しなければと脚を閉じようにも、太い膝に阻まれた。

大きな手に包み込まれて弄られ、いっそう身じろぐ。

「嫌っ……う、んく…ぅ」

「ここも、己では、ほぼ慰めていなかったな」

「な、んで…知っ……？」

「これからは、私が存分に可愛がってやる」

「いらな……やめっ……あぅ…んんっ」

「おまえにふさわしい可愛い分身だ」

恋愛方面には消極的で、自慰すらほとんどせずにきた。おかしな話だけれど、自分の身体を穢すみたいで気が引けたのだ。

ものすごい秘め事にもかかわらず、なぜ知られているのだろう。

訊きたかったが、さらに扱かれて挫けた。強弱をつけた愛撫に快感を呼び覚まされて、抗いが弱くなっていく。

「だめっ……ゃう」

「私を拒むな。愛している」

「……っ」

「おまえしか、いらない」

「ど、して……僕なんか…を……⁉」

「おまえだからだ」

「ふ…ぁん」

嫌なはずなのに、甘い眼差しに情動が揺さぶられた。優しく愛を囁かれるのも、胸が震えてしまう。

村野のときは、嫌悪感と恐怖心しかなかった。けれど、彼だとそれがなくて、自分でも自分がよくわからない。

まさか、不思議な力で操られているのではと疑った。

背筋を駆けのぼる快楽に漏れそうになる声を堪えながら、金色の右眼を見つめる。

「っう……僕に魔法……じゃなくて、霊力とかいうの……かけた…？」

「いや。なぜ、そんなことを訊く？」

「……っ」

逆らうのがためらわれるからとは、さすがに言えなかった。危うくこぼれかけた嬌声を噛み殺すべく噛みしめた唇に、キスが降ってくる。

「んぅ、ふ…」

強引に歯列を割って、舌が入ってきた。奥で縮こまっていた維月の舌が搦め捕られる。これまでの二回のキスとは、まったく違った。微妙に牙が擦れる感覚と股間への刺激も相俟って、濃厚すぎる。

口角をぴったりと合わせ、角度を変えて何度もむさぼられた。口蓋や頰の内側をはじめ、口の中をくまなく舐められたし、舌の根がしびれるほど吸い上げられもした。

どちらのものかわからなくなった唾液も飲み、息継ぎすら思うようにならない。いい加減に苦しくて、キスの合間に制止を訴えた。

「や、んん……息…でき、な……っ」

「鼻ですればいい」

「無理……激し…」

「初々しいことだが、私のくちづけで感じている姿は艶めかしい」

「あっ…んぁ……あっあ……あ、っん」

「そう。声は殺さずに聞かせるものだ」

「嫌ぁ…」

「熟れるまで待った甲斐があったな」

「ふああっあ」

性器の先端に爪の先を食い込まされて胸を反らせた。弱い箇所を的確に弄られ、下半身に熱が溜まっていく。

こんな体感は知らなくて、狼狽に双眸が潤んだ。

「こ、わい……っあ、ん……怖い…よ」

「怖れるな。感じるままに振る舞うんだ」

「でも…っ」

「私もできうる限り、優しく可愛がる」

「あ、ああ……は、んあぁぁ」

取り乱す姿を見られたくないのに許されず、なおも追い上げられる。

すでに勃ち上がり、先走りを滴らせていたそこが絶頂を迎えた。あまりの悦さに、瞬時、目の前がチカチカする。

抗う気力も、もはやなかった。両手の拘束がとけていたのも気がつかずに、忙しく息を弾ませる。

未経験の解放感に浸る維月の性器が、さらなる未体験ゾーンに誘なわれた。

「えっ……なにして…!?」

「見たとおりだ」

「や、待って。そんなの……嘘でしょっ」

おもむろに身体の位置をずらし、股間に顔を埋めてきた彼に慌てた。

身をよじっていたためか、着物の帯がほどけて前をはだけた状態だ。恥ずかしさに全身が熱くなったが、変な行為を止めたくて手を伸ばす。

「やめてよ！」

「おまえのすべてが知りたいし、欲しいから、やめてやれないな」

「だから…って……これは……あぁあん」

「おまえはただ、よがっていればいい」

「な……っん、ああ……ゃう」

生暖かい口内に銜え込まれたまま話される状況が、刺激につながった。

陰嚢も揉みしだかれ、ほどなく芯を持つ。極めたばかりの上、不慣れな肉体は敏感になり果てていた。

牙で弱い部分を甘噛みされるから、余計にたまらない。

手での愛撫以上に気持ちいいのが困りものだった。反面、彼の口を汚すなんてとんでもないという心情も働く。

金色の頭を退かそうとするが、気持ちとは裏腹に髪に指を絡めて下腹部を押しつける始末だ。

「っは……あ、もっと……んっあ……も、だめ…っ」

「おもしろいな。どちらなんだ？」

「しゃべらな、で……いっ…ちゃうからぁ」

「迷っているわけか。ならば、出せばいい」

「嫌……やっぱ…り……離し…て」

「そう言われると、是が非でもいかせたくなる」

「あっ、あ……ぁああ」

舌と歯を駆使した口戯で、下肢が蕩けるかと本気で思った。

男なのに、胸にも触られて困る。くすぐったいだけの接触が、乳嘴をつままれたり、押しつぶすように転がされたり、爪で引っかかれたりしているうちに別の感覚にすり替わっていった。

「ん…あぁ、あ……胸、やだ……おかし…ぃ」

「感じやすくて、なによりだ」

「い、や……触らな…でっ」

「いずれは、ここだけでいける身体にしよう」

「あ、あっあ……んゃあ」

両方の乳嘴がひりつくまで、まんべんなく悪戯された。

口淫も継続中で、未熟な自分がこれ以上、耐えられるはずもない。

「あっ…あぁん……ゃう…ど、しよっ」

「出せと言っている」

「んあぅ……ふ、あああ！」

抑え切れず、彼の口内に射精してしまった。のどを鳴らしつつ、一滴も漏らさず精液を飲み下されて複雑な心境になる。

顔を上げた彼が、自らの唇を舐める仕種(しぐさ)が野性的かつ艶(つや)めいて映った。

視線が濃密に交わったが、逸らせない。上下させる胸元に、再び這(は)ってきた手にチョーカーごと首筋を撫でられて吐息で囁く。

「それは、はずさないで…」

「ん？」

「僕の大切な……お守り、だから」

「そうか。わかった」

淡い笑みを湛(たた)えて手を引いた彼に安堵した矢先、両脚を持たれて引き寄せられた。その拍子に着物が完全に脱げる。チョーカーだけをつけた格好だ。

布団の上に胡座(あぐら)をかいた彼の膝の上に、仰向けで下半身を乗せられる。

上体をよじって逃げようとしたけれど叶(かな)わず、膝が胸につくほど両脚を折りたたまれて大腿を大きく開かされた。

体勢的に恥部が全開になり、羞恥で気絶しそうになる。

しかも、双丘の狭間に口をつけられて全身が火照った。

「やめて！」

「ここをじっくりほぐす必要がある」

「そんなとこ、汚いのにっ」

「おまえは、どこもかしこも清らかだ」

「嘘だよ。嫌っ……う、やあぁ…くぅんん」

後孔を舐められる、なんとも言えない感触に呻いた。脚をばたつかせた際、彼の肩あたりを蹴ったが、こたえた様子はなかった。

むしろ、維月の抵抗すら楽しんでいる気配が伝わってくる。

上半身を身じろがせたものの、後孔内になにかが挿ってきてわなないた。それが尖らせた彼の舌と判明し、さらに唾液を流し込まれて動揺する。

腰を振っての抵抗は通用せず、舌につづいて指まで挿入された。

唾液のぬめりを借りて、長い指が内壁を掻いて奥へと進んでいく。人間のものより長大だからか、強烈すぎる異物感に髪を振り乱した。

「い、やっ……んぅう……抜い…て」

「さすがに狭い」

「っく…は、あ……苦し…ぃ」

「ゆっくりと息を吐くんだ」

「でき、な……うぅ…んっふ……くっ」

「ならば、こうするか」

顔を離した彼が苦笑まじりに呟き、維月の脚のつけ根に唇を寄せる。

やわらかい内腿一帯を吸い上げ、軽く噛んで吸痕を刻まれた。粘膜内の指も抜かりなく蠢いている。

陰嚢と性器も標的になり、前と後ろを同時に弄られてうろたえた。

「っは…あっあ……あぁう……んあ」

「強張りが若干、ゆるんだな」

「ゃん、ん……あっ…ああ」

「おまえが狂おしく乱れる淫処は、ここか」

「ふあっ⁉　あ、あ、あっ……な、に？　……そこ、だめ…っ」

「悦いらしい」

「やめっ……あぅあ…んっ、んっ……嫌ぁ…あぅ」

「心ゆくまで啼かせてやろう」

彼の指がかすった箇所から、爆発的な快感が生じて惑乱する。このままそこに触れられていたら、自分がどうにかなりそうだった。

制止を懇願したが、指を二本に増やされてなおも弄り尽くされる。

発見されたばかりの弱点を重点的に攻められた。唾液にまみれているせいか、局部からは淫靡な水音が聞こえてくる。

内襞への執拗な刺激で、性器が三度目の精を放った。

脚を折りたたまれた体勢なので、維月の胸元に精液が飛び散ったものの、恥じらう余裕もない。

「んふっ……あぁ…も、おねがっ……やめ、て」

「まだだ」

「な、んで…っああ」

「念入りに馴染ませたほうがいいだろう」

「ゃん……あぁぁあ……んんっ」

以降もつづいた時間をかけた淫撫に、身も世もなく身悶えた。

徐々に指の数が増えていき、とうとう三本も銜え込まされる。それらに、脆い一点をかわるがわる擦られた。

性器や乳嘴などの性感帯も絶えず愛撫されていて、異物を含んだ違和感を法悦が上回っている。

「あ、あっあっ……んぅあ…ぁ」

「艶めいた声も表情も感度も、想定以上だ」

「っは、あ、あ…ああっ……んあぁ、ん」

「今後も楽しみだが、とりあえず、そろそろいいか」

「んっん…ああ……あ⁉」

ふと、体内にあった指がすべて引き抜かれた。

脚が下ろされたあと、視界が反転して俯(うつぶ)せにされる。背後で衣擦(きぬず)れの音がし、なにげなく振り返って頬を引きつらせた。

「！」

着物を脱ぎ捨てた彼の裸体に、目が釘(くぎ)づけになる。

しなやかで筋肉質な肉体美は圧巻だった。強靭(きょうじん)そうな巨体もだが、その中心にある勃起した巨杭を目の当たりにして息を呑む。

桁外(けたはず)れに恐ろしいサイズの楔(くさび)の目的が明らかで震え上がった。

もはや、凶器でしかない。あんなものをねじ込まれた日には流血沙汰は確実だし、下手をすれば死にかねなかった。

それが死因になるのは、なんとしても避けたい。

匍匐(ほふく)前進で猛然と逃げ出した途端、足首を掴まれて難なく引き戻された。

「こら、逃げるな」

「犯罪はだめだから！」

「なにを言っているんだ？」

「股間のもの使うと、殺人事件になるよっ」

「なるほど。そういうことか」

「だから、離して」

「できない相談だな」

あっさり答えた彼が、四つん這いで開かされた維月の脚の間に陣取った。無防備な秘処をさらすだけでも、いたたまれなさは抜群だ。

さきほどまで指が挿っていたところに、熱い切っ先を押し当てられて身震いした。

「本当に無理なの！」

「無理かどうかはともかく、最も楽だという体勢を選んだ」

「そんなの……ひぁ…待っ……うああっ⁉」

後孔をこじ開けるように、灼熱(しゃくねつ)の巨塊がめり込んできた。

挿るわけがないと、なんとか拒むべく後孔を引き絞ったが、強行突破される。

当然ながら、指三本とは比較にならない。あれだけ延々と入念に慣らされた襞(ひだ)をもってしても、巨茎を迎え入れるには至らなかった。

一番太い先端部を呑み込むまでも、かなりの時間を要する。

過剰なほどに与えられていた快楽が一気に消し飛んだ。

「くぅうう……い、たい……痛い…ゃ」

「息むな。身体の力を抜け」

「やっ…うぁう……やめっ……挿ら、な…うう」

「深く息を吸って吐くんだ」

「嫌、んっ……抜い、て……ぅく……抜いてっ」

「ならば、痛覚を麻痺させるとしよう」

「ひうっ……う、う、う……やだ……あ…？」

あまりの激痛に中断を頼んだ直後、痛みがふっと和らいだ。背中に覆いかぶさってきた彼が性器にも指を絡ませてくる。

わずかな苦痛と快感のせめぎ合いに、感情が定まらない。

「んぁん……も、やめ…ぅあ……く、うぅぅ」

「やはり、初めてでは無理か」

「うぅく…んっ、ん……うんっ」

「だが、どうしても交わる必要がある」

囁きとともに、うなじや耳裏の薄い皮膚、耳朶を甘噛みされた。耳孔に舌を入れられて首をすくめる。

性器を愛撫しつづける手も止まらず、精を吐いた維月の上体が頽れた。

下肢は彼に支えられているので、腰だけを掲げた卑猥な姿勢だ。中を軽く揺すられて身を震わせた。

「や……あ、んくぅ……動かな…で」

「奥までいくのは断念するにせよ、私の証は刻まねば」

「ど、いう……こと…?」

「人の身のまま里にいると、一昼夜以内に衰弱死してしまう」

「……え?」

「それを防ぐには、我らの精気をある程度、身の内に取り入れて馴染ませるしかない」

「!?」

「おまえに関しては無論、私の役割だ」

「んあっ」

腰骨を強く摑んだ彼が、おもむろに腰を揺らし始めた。

途中とはいえ、狭隘な襞内で抜き差しされる巨楔の圧迫感に苛まれた。ゆるゆると揺さぶられながら、布団に片頬をつけて制止を訴える。

「い、や……嫌ぁ……も、だめっ」

「泣かれても、こうするしかないのだ。すまない」

「あっ…うぅあ……ん、壊れちゃ…う」

「これさえすめば、今後はずっと一緒だ」

「んぁう……やめっ……おねが…い」

「おまえだけに、永遠の愛を誓う」

「やだぁ……あぁん……も、許し……な、に…？　……っひあぁ……んんぅ」

不意に唇を塞がれ、舌を引きずり出されて吸われた。

無理な体勢でのキスがほどけた際、情熱的な光を宿した金色の眼を認めてどぎまぎする。

言葉よりも雄弁に愛を物語っていて戸惑った。妙な理由での性行為は今すぐやめてほしいのに、彼のものになれてうれしいという感情が込み上げてくる。

なぜか、この上ない幸せを嚙みしめている自分がいた。ようやく彼と結ばれたとの喜びさえ感じている。

矛盾した想いに惑いながら、体内で蠢く巨杭を止めたい一心で抗う。

「や……もう…やめ…て」

「これからは毎晩抱くから、そのつもりでいるといい」

「そ、んな……んあぁ！」

ひときわ強く中をかき回されて、声をあげた。

隘路を開拓するような無理やりすぎる攪拌に、彼の肩に思い切り爪を立てる。

微動だにされなかったばかりか、今度は浅い部分で小刻みに出し入れされた。

未知の行為に不安を煽られ、広い背中を力の限り叩く。

「い、やっ…やめてってば」

「できる限りの範囲で可愛がっているだけだ」

「嘘つ、き……っあ……ふうぁ」

「私は嘘はつかない」

「だった、ら…っん……もう、しない…で」

「今ばかりは無理だ」

その後も、したたかな腰つきで粘膜を擦られつづけた。

やがて、体内が滾る飛沫で満たされる。たとえようのない初めての感触に、か細い悲鳴を漏らした。

もしかしなくても、維月の中で彼が極めたのだと悟る。

「ひど、い…よ」

「さきほど、わけは話した。それに、ともに在るには、おまえが私の精を受けるのは必然のことだ」

「意味が、よくわかんな…」

「追々、理解すればいい。今は、私を感じていろ」

「あっ……も、嫌だ！」

「愛している。絶対に離さない」

「や…ぁ」

彼ごと布団に倒れ込み、再度の愛撫で泣かされた。

最後のほうは、夢か現実かの判別さえつかなくなる。ずっと囁かれつづけていた優しくも甘い愛の言葉は耳に残った。


「ん？　……うぅ」

目が覚めて、とてつもないけだるさに呻いた。

まるで、手足に重りでもつけているみたいだった。上体を起こすのもひと苦労で、溜め息をつく。

ふと自らを見下ろすと、白い着物を着せられていた。

寝乱れたその胸元から覗く素肌に、鮮やかな鬱血痕を見つける。

「！」

なにが起きたのかを即座に思い出して絶句した。

キスマークはあるが、体液にまみれていた維月の身体はきれいになっているようだ。

布団の下の下肢を確かめる勇気はなく、自分で自分を抱きしめる。

「僕、あの人に…」

彼を受け入れたのは一度だけとはいえ、精液を注がれた。何度も快感に溺れて泣き濡れた記憶がよみがえる。

なにもかもが初めてで体格差もあり、無理だと言ったのにやめてもらえなかった。同性というか、鬼が相手なのもなかなかのインパクトだ。

見知らぬ世界に連れてこられた精神的ショックも大きい。

知っている人が誰もいない異世界で、異種族の中にひとり放り出されて心細かった。家族や友人のもとに帰りたいけれど、帰り方がわからなくて嘆息する。

「……どうしよう」

差し当たって、この部屋から逃げたほうがいいかもしれない。

だるい四肢で立ち上がろうとして、足腰に力が入らずにへたり込んだ。

布団からはみ出し、畳に横座りになって両手をついて肩で息をつく。たったこれだけの動作でひどく疲れた。

そういえば、あれほど酷使された秘部はなんともない。

たしか、痛覚を麻痺させると言っていた。

「…ほんとに、途中から痛みはあんまりなかった」

呟いて、ゆるくかぶりを振った。初対面のときの口元の傷と同じだ。ならば、この倦怠感はいったいなんだろうと眉をひそめた瞬間、襖が開いた。

視線を向けた先に、グレーの着物に辛子色の帯を締めた眼帯姿の彼がいた。隣室にいたか、別の部屋からやってきたらしい。

「起きたか。ん？　顔色が少し悪いな」

「……っ」

「具合が悪いのか？」

「や……」

大股で近づいてきた巨軀がそばに膝をつき、維月の顎を摑んで上向かせた。吐息が触れる距離で見つめてくる金色の右眼を軽く睨む。体調不良の原因は、やはり彼としか考えられなかった。

今さらと思い、普段の口調のまま取りつくろわない。

「あなたのせいなんだから」

「昨夜の諸々は、抱いたあとに癒やしたが」

「じゃあ、なんで僕は立ち上がれないくらい全身がだるいの？」

「衰弱はしていないようだが、だるいか。……ふむ。なるほどな」

「なに？　…って、ちょっと！　嫌だってば、離して」

「畳の上より、私のほうがましなはずだ」

真顔でそう言った彼の、胡座をかいた右膝の上に座らされた。

体格が並外れて立派なので、維月の重みなど取るに足りないといった風情だ。頼めば、片方の肩に自分を乗せて平然と歩けそうだった。

頼まないけれどと内心で思いながら、渋々おとなしくする。

抗うのが億劫なほど、とにかくだるかったせいだ。

「心当たりを教えてよ」

「私の精を取り込んだおまえの肉体が、衰弱死を免れる意味以外にも反応しているせいだろう」

「……まさか、遅効性の毒…!?」

双眼を見開いて彼を凝視し、愕然と呟いた。

股間の持ち物が凶器なら、そこから発射される中身も劇物なのだ。

不可抗力にしろ、わりと大量に摂取した。腸壁から夥しく吸収してしまった毒物の種類はなんだったのか。致死量はどれくらいか。後遺症はどんなものが等々、大学で得た劇薬の知識がぐるぐると頭をめぐった。

そんな維月の唇を啄んだあと、苦笑まじりに言われる。

「違う。人の身が鬼へ変じる前兆だ」

「……え？」

「こうも顕れが早いとは珍しいし、喜ばしい。だが、今はその兆しも癒やすとしよう」

「ま、待って」

「なんだ」

「つまり、その……僕は鬼になるの⁉」

「すぐにではない。私の精気と体液を取り入れつづけて、一年ほどか」

「……っ」

この過程を経て人間ではなくなり、金鬼のような不老不死に体質が変わるらしかった。

昨晩、彼が維月の体内で射精したとき、衰弱死を避けるためとは別に必要なことだと告げた理由はそれだったのだ。

信じられない事態の多発に混乱しつつも、念のために訊ねる。

「僕にも角や牙が生えてきて、肌と髪と眼の色も変わって、身長も伸びるの？」

「いいや。そこまでの変貌はあるまい」

「じゃあ、体質だけ変わるんだ？」

「おそらくな」

「ふうん……って、そもそも、それもどうなのって話なんだけど」

説明を聞いて、はいそうですかと納得できるはずもなかった。

要は、彼の体液と精気を遮断すれば、とりあえずは人間のままでいられるわけだ。

結局のところ、逃げ出すしかないと結論づけた直後、身体が浮いた。維月の太腿よりもひとまわり以上は太い彼の右腕に腰かける形で抱き上げられた。

体勢が定まらず、がっしりとした首筋に両腕を回してしがみつく。

「いきなり立たないでよ」

「時間がない。おまえは着替えなければ」

「なんのために？」

「私たちの婚礼に備えてに決まっている」

「け、結婚式⁉」

「そうだ。私の花嫁を皆に披露する」

「……っ」

それは、ほとんど軽く公開処刑だ。こちらの世界の鬼たち全員に紹介されるのは、指名手配となんら変わらず、逃げ場を失うに等しい気がした。

男同士のウエディングも微妙で、やはり逃亡を図ろうと決意して即、実行に移す。

身体のだるさは早速彼が治してくれたらしく、嘘のようになくなっていた。腕から畳に飛び降りる寸前、もう片方の腕が腰に回ってきて抱きすくめられる。

全身を使ってもがいたが、抵抗も虚しく疲れるだけだった。

「ちょっとは手加減してよ」

「しているが」

「これで？　なら、僕が非力すぎるのかな」

「物静かそうな見た目とは違って、案外、やんちゃだな」

「幻滅したんじゃない？」

「少しも。さあ、行こう。手伝いの者が待っている」

「行きたくないってば」

「私が連れていってやろう」

言葉に違わず、維月を抱えたまま部屋を出た彼が長い廊下を進む。途中、懲りずに手足をじたばたさせて反抗したけれど、敵わなかった。

ほどなく、迷路みたいな建物の一室に辿り着いた。

声をかけてもいないのに、内側から襖が静かに開く。抱き上げられて入った室内は広い和室で、和服姿の鬼が三人いた。

袂が邪魔にならないようたすきがけにし、長い金髪も後ろでまとめている。

意外なのは、女性と思しき鬼だったことだ。性別が違っても、男性の鬼に見劣りしない巨体で驚く。

彼の手から解放されたら隙を見て逃げるはずが、当てが外れた。

予想外に彼が手ずから着付けを始めたのだ。

「あなたがするの⁉」

「花嫁に触れられるのは、夫たる私だけだ」

「ここにいるのは女の人みたいだけど」

「性別は関係ない」

「……プランが台無しだよ」

小声で嘆いた維月をよそに、女性鬼の補佐を受けた彼に純白の着物を着せられていく。

抵抗はことごとく躱(かわ)された。

無念にも着付けがすむと、今度は髪を整えられる。

整髪料らしきそれの爽やかなフレグランスがあまりによくて、ついうっとりする。

「いい香り」

「そうか。ちなみに、婚礼中はなにも話さなくていい」

「話せって言われても無理だから。ていうか、出たくないんだけど」

「だめだ」

「鬼をいっぱい見たら、怖くて失神するかも」

「おまえなら大丈夫」

「その根拠はなんなの？」

「私の魂の伴侶だからだ」

口元をほころばせて言われて、欠席は叶いそうもないと息をつく。

身づくろいを終え、再び抱きかかえられて移った場所は広々としていた。大勢いる鬼は皆が和装で、もし子供の鬼がいても見分けがつかない大きさだ。

たくさんの視線が自分に集まっているのがわかり、さすがに緊張する。

上座に敷かれた座布団に、彼と並んで座った。維月の紹介後、鬼たちが囁き合う様子にいたたまれなくなる。

「人間を初めて見たな」

「なんと小さい」

「身体もだが、男か女か、わからぬ顔つきだ」

「あんな、ひ弱そうな形で嫁が務まるのか心配だな」

「子は望めぬのではないか」

歓迎されているのか、いないのか、無表情すぎて読み取れなかった。

人種どころか、種族が違うのだから、物珍しがる様子はお互いさまと悟る。

個々の前に酒や料理が載った膳があって、進行役らしい鬼の言葉で宴が始まった。食べ物は人間とあまり変わらないようだが、食器の大きさや盛りつけの量は違う。白米がよそわれた茶碗はどんぶりサイズだし、おかずが載った皿もどれも特大だった。

鬼たちは酒を飲みながら、それらを次々と胃におさめていっている。小食の鬼もいるみたいで、食べる量は各自違うらしかった。

維月はといえば、食欲がなくて手をつけなかった。

ふと、鬼たちの両眼が青色なのに気づいた。彼と同じ金色の眼を探したものの、少なくとも見える範囲にはいない。

「ん？」

その中に、鬼とは外見が違う者を見つけた。

黒髪碧眼に赤銅色の肌と、白髪紫眼に白い肌をした美青年二人だ。頭に角ではなく三角形の耳が生えていて、腰にはふさふさの尻尾が揺れていた。

額の模様に見覚えがある気がしたけれど、耳と尻尾に意識が向く。

「リアルなケモミミがいる」

「なんだ？」

「な、なんでもないよ」

顔を寄せてきた彼に、慌ててかぶりを振った。

これがコスプレとか特殊メイクならと内心で溜め息をつく。鬼にケモミミ、ほかにどんな生物が生息しているのか、想像するのも憚られた。

鬼総出で執り行われた盛大な結婚式の最中、花婿の名前が藍堂といい、金鬼一族の首領だと知る。

「……藍、堂…」

「どうした?」

「あ……」

「疲れたのなら、癒やしてやるが」

「……っ」

気遣わしげに双眸を覗き込まれ、唇を噛みしめた。

彼の名を聞いて、こんなにも胸がざわつくのはなぜなのだろう。初めて耳にしたはずが、とても慕わしく感じて困惑したものの、気のせいとやり過ごす。

なんでもないとぎこちなく答えてすぐ、結婚式はお開きになった。

夕食と風呂のあと、この夜も寝床に連れ込まれる。

「やだ! もうしないっ」

「毎晩、抱くと言ったはずだ」

「同意した覚えはないよ!」

「ようやく、夫婦になったばかりだ」

「やなものはや……っんふ」

濃厚なキスに持ち込まれ、裾を割って入ってきた藍堂の手に性器も弄られてうろたえた。愛撫は心地よいことを承知な分、身体のほうが反応し始める。

頑強な胸板を両手で押し返したが、結局は拒み切れずに翻弄（ほんろう）された。

それでも、激痛を伴う挿入だけは強硬に退ける。彼も苦笑いしつつ、昨夜のような無理強いはしなかった。

かわりとばかりに、維月の股に巨茎を挟んで慰めるはめになった。太腿を後孔に見立てた破廉恥な代替行為だ。

脚の間で蠢く屹立（きつりつ）が卑猥すぎて、目のやり場に困る。

「も、やめ…ぁん」

「まだ夜は長い」

何度極めても離してもらえず、疲れ果てて眠りについた。

この翌日、目覚めたとき、どこも不調なところはなかった。起き上がって見回した室内に藍堂の姿はなく、今がチャンスと思う。

隣室を通って縁側の廊下に出ると、陽光が降り注いでいた。

太陽の高さから察するに、すでに昼は過ぎている。空腹だったが、絶好の機会を逃す手はない。

庭にも人影がないのを確かめ、裸足（はだし）なのもかまわず地面に降りた。

広大な屋敷の出入口を目指して足早に歩くうち、高さ五メートルはありそうな塀（へい）に囲まれている家だと見て取る。

やがて、かんぬきで閉ざされた正門らしい重厚（じゅうこう）な扉（とびら）に着いた。その横にある二メートルほどの木製のくぐり戸を発見し、手をかける。

「やった！」

取っ手の下についた長方形の木片を横にスライドさせたら、施錠が解けた。

そっと開いたくぐり戸から身をすべらせ、もとどおりに閉める。周囲に民家はなく、見渡す限り畑と森というのどかな風景だった。

遠くを見遣っても、高層ビルやマンションなどの見慣れた建築物は皆無だ。

「…やっぱり、僕の知らない世界だよね」

溜息まじりに呟き、藍堂や他の鬼に見つからないように、とりあえず身をひそめられそうな森へと向かう。

春めいた陽気なので、素足（すあし）と薄い着物一枚でも肌寒くなかった。

藍堂の屋敷から遠ざからなくてはと考えた途端、せつなさが胸いっぱいに広がる。なぜか、離れたくないという想いが込み上げてきて戸惑った。

相反する感情に首をかしげながらも、森の奥に進む。

自分の世界へ戻れる場所が、どこかにあるかもしれない。そう信じて、やわらかい草の上を目を凝らして歩いた。

「……湖？」

ずいぶんと歩を進めた頃、木々が途切れて蒼い水面の水溜まりに行き当たる。池にしては大きく、沼というには水がきれいで、湖水と判じた。水を見たせいか、本能的にのどの渇きを覚える。

ほとんど同時に腹が鳴り、湖畔に座り込んだ。

「お腹すいた…」

陽の傾き具合から、そろそろ夕方とわかる。昨日の夕食も少ししか食べておらず、ほぼ丸一日絶食状態だった。

歩き疲れたせいもあり、さすがに手足に力が入らない。

このままだと、低血糖で具合が悪くなりそうだ。糖分が補給できそうな果物でもあれば口にしたいが、動く気力が尽きてしまった。

「う～……もう歩けない」

「ならば、迎えにきて正解だな」

「！」

すぐ背後から聞こえてきた硬質な低い声に息を呑んだ。

振り返れば、やわらかな笑みを浮かべた藍堂が立っている。夕陽に照らされた金髪をなびかせて佇む姿が神々しかった。

ゆったりと歩み寄ってきた彼が維月のそばに片膝をついた。裸足の両足を交互に掴んで検分しながら言われる。

「ケガがなくて幸いだが、今度出かけるときは履き物を履いてくれ」

「なんで…」

「ん？」

「僕の居場所がわかったの？」

「おまえに関しては、大抵のことならわかる」

「……花嫁だからとかなしね」

「それもあるが、さあ帰ろう。食事の支度も整っているだろう」

「あ」

抱き上げられた次の瞬間には、景色が変わっていた。森の中から一瞬で、藍堂の部屋に移動したのだ。

不思議な力を体感して、ますます異郷にいるのだと思い知る。

これ以降も、隙をみては屋敷からの脱走を試みる維月を叱りもせず、里のどこにいても陽が暮れる前に彼は迎えにきた。

怒らない理由を訊いたら、里を知るのにちょうどいいと鷹揚に答えられた。

そして、外出を禁止しないかわりに、しばらくの間は午前中だけでも花嫁の薫陶を受けるよう言われて首をひねる。

「なに、それ？」

「首領に嫁ぐ心構えを学ぶらしい」

「妻の心得みたいな？」

「おそらく」

花嫁修業というか、お妃教育みたいなもののようだ。

花嫁になる気はないので、すっぽかすはずが、そうは問屋が卸さなかった。結婚式の三日後には、それが始まったのだ。

「おはようございます。首領様、維月様。入室してもよろしいでしょうか？」

「入れ」

「だ、だめっ。ちょっとだけ待って、翠嵐さん！」

毎朝、八時に起こしにくるのは、藍堂の側近だという翠嵐だ。

青色の眼と長い金髪をゆるくひとつに編んだ、彼とは違ったタイプの甘い顔立ちの美鬼だった。

甘めなルックスとはいえ、角と牙と巨軀は標準装備のポーカーフェイスなので、感情はいっさい読めない。

ただ、藍堂について語るときは目尻が下がるため、心酔ぶりがわかった。

霊力もだが腕が立ち、面倒見がよく、仲間からも一目置かれているそうだ。

ちなみに、翠嵐の血筋は代々、首領に仕える家系だとか。藍堂と翠嵐の血統以外の鬼は、彼らのような異能は持たないとか。

翠嵐の職務は、藍堂の日常的な身の回りの世話をはじめ、務めの補佐らしかった。

屋敷には、翠嵐以外にも藍堂に仕える鬼が複数いて、維月もなにもさせてもらえない。主人の朝の身支度をしに、翠嵐はこうして毎朝やってくる。しかも、花嫁教育を任されてもいた。

昨晩も、藍堂に淫らなことをされて気絶同然に眠った維月だ。

着物の乱れは直したものの、首筋にいくつも吸痕がついているのは気づかないまま入室を促すと、翠嵐が姿を見せる。

「失礼いたします。……維月様、先日も申し上げましたが、わたしに『さん』はつけていただかなくてけっこうです」

「あ、うん」

「では、首領様。まずはお着替えから」

「頼む」

翠嵐は藍堂の世話しか焼かない。維月に触れるのは、基本的に藍堂しかいなかった。

維月も藍堂の手で淡い緑色の着物を着せられ、草色の帯を締められて身づくろいを整えたあと、二人で朝食を摂る。その後、藍堂は務めに出て、翠嵐は午前中に維月が脱走しなかった日に限り、花嫁の薫陶を授けていた。

「維月様、まずは昨日のおさらいからです。里にいる鬼の数は？」

「八十六」

「そうです。男女の数で言うと？」

「男の人が四十四で、女の人が四十二」

「そのうち、子供は？」

「いない。ちなみに、金鬼は三歳で大人とみなされる」

「よろしゅうございます。では、本日は…」

翠嵐の教え方は、かなりわかりやすかった。通常は教える必要がない里についての基本的な知識も、人間の維月にはしなければならないので大変なはずだが、丁寧に説明してくれる。

花嫁になる気はないし、人間の世界に帰るのもあきらめていなかったけれど、金鬼に興味がなくはないから、好奇心のままについ、いろいろと訊いてしまっていた。

三十分ほどの薫陶がすむと、自由な時間になる。

幸い外出の制限はなく、好きなところに好きなときに出かけられた。

ただし、もしものときのためにと、脱走以外の際は瑠璃と玻璃を護衛につけられている。

藍堂が首領の務めを果たす間の目付役といったところだ。

彼らいわく、本来の二人の役目は、藍堂を守る守護霊獣らしかった。

「えっ。あのケモミミ美青年は、瑠璃と玻璃だったんだ⁉」

「なんだ、『けもみみ』って？」

「初めて耳にする言葉ですね」

「いや。あの、ええと……素晴らしい、素敵だなっていう……」

「つまり、『素敵な美青年』だな」

「褒め言葉でしたか」

「……うん」

初対面のとき、動物扱いするなと言っていたのを思い出し、彼らにケモノと言うのは、なんとなく憚られた。

そのため、本当のことは伝えられずに、なんとかごまかした。

瑠璃と玻璃が人間の姿にもなれると知り、実際に見て愕然となる。確かに、うっすらと見える額の模様は子柴のときにもあったものだ。

模様の意味を訊ねると、瑠璃はひらがなの『る』、玻璃は『は』と、各自の名前の一文字を示す梵字が描かれているとか。

ちなみに、本来の姿は全長三メートルにも及ぶ黒獅子と白獅子らしい。その姿も見せてもらったが、迫力満点でかっこよかった。

三人で里を散策する際は、子柴の姿を取っている。

いつもどおり、物珍しい風景や生き物を眺めて歩く維月がなんとなく思いついて、瑠璃と玻璃に問いかける。

「彼は普段、どんな仕事……務めをしてるの？」

「首領様のことか？」

「うん」

「主に、里の守護と管理だ」

「へ？」

「それに付随して、結界の見回りや侵入者の有無も日々、確認なさっておいでです」

「はあ…」

「俺たちが住むこの世界の創造主みたいなものだからな」

「先代がお創りになられた里をおよそ五百年前に継がれて以来、さらに改良なさって、今に至りますので」

「万物に歪みがないか、常に気を配ってる」

「淘汰を含めてと聞き及んでおります」

「……話が壮大すぎるんだけど」

翠嵐の花嫁教育は、まだそこまで進んでいないので知らなかった。

藍堂がしていることは、もはや神の領域ではと思わず足を止めてしまう。そう告げた維月に、瑠璃と玻璃があっさりとうなずいた。

「霊力は神仏と互角じゃないか」

「そうですね。首領様に不可能なのは、死者をよみがえらせることだけですし」

「…じゃあ、それ以外は全部できるの？」

「当然でしょう」

「人間の一部には、はるか昔に人界に赴いた際に垣間見た首領様を神と崇めて、信仰の対象にしてる者もいると聞くぞ」

「……っ」

予想を超えた藍堂の計り知れない能力に驚いた。

自然をも操る万能とも言える圧倒的な異能の持ち主だとか。

たとえば、他者の思考を読み取ることも簡単だが、相手に配慮してしないそうだ。

しかも、唯一無二の髪も眼も金色という金鬼一族の象徴のような風貌と、不思議な力をふるうときには紅色に変化する双眼も相俟って、仲間からも畏怖されているらしかった。

「金色の眼は彼だけなんだ？」

「千里眼(せんりがん)だって聞いたぞ」

「片方が損なわれているのは残念ですが」

「眼帯姿が様になってるしな」

「ええ」

「でもさ、彼なら目の病気やケガも治せるんじゃないの？」

「さすがに、生まれつきなかったとしたら無理だ」

「どうしようもありませんね」

「……そっか」

結婚式で彼以外は青色の眼だったのは、だからかと納得がいった。側近である翠嵐の傾倒も腑(ふ)に落ちる。

隻眼なのも藍堂だけというが、左眼を失った理由を訊くのは無神経な気がした。

そもそも、金鬼一族は人間に悪さを働くとされている、昔話に出てくるような普通の鬼とは一線を画するらしい。

むしろ、人間とはあまりかかわらないスタンスを取っているため、次元を隔てた空間に暮らしているそうだ。

一連の話を耳にし、維月を花嫁に迎える意図が、ますます不明になった。

「それはともかく、維月様はなんで毎日、遊び歩いてるんだ?」

「遊びじゃないよ」

「じゃあ、なんだ?」

素朴な疑問と言わんばかりの瑠璃に、玻璃も同調した。

つき合わされている彼らにすれば、当然の問いかもしれない。どうせ、藍堂にもばれているしと隠さずに答える。

「僕がいた世界に帰れる場所を探してるの」

「あるわけないだろ」

「お気の毒ですが、無駄だと思います」

「そんな即答しなくてもいいのに」

「事実だからな」

「そうかもしれないけど…」

「奇跡的にその場所を見つけたにしろ、強固な結界があるんだぞ。それをお張りになった首領様の許可がない限り、里からは出られない」

「なにより、維月様は人間の脆弱(ぜいじゃく)な肉体でいらっしゃいます。首領様がご一緒でなければ、そもそも次元を超えること自体が無理です」

「……翠嵐にもそう言われた」

拗ねた口調で告げると、瑠璃と玻璃が尤もだという表情をした。

聞き分けのない子供を諭すようにつづけられる。

「潔く観念しろよ」

「断念なさったほうが得策かと存じます」

「僕はあきらめない」

「時間の無駄だぞ」

「瑠璃の申すとおりです」

そう簡単に割り切れるものではないと溜め息をついた。

藍堂にも直接、帰らせてほしいと何度か頼んでいたが、維月が里に慣れてからとしか答えてくれない。

今日もめげずに頼んでみようと思いながら、屋敷に戻った。

夕食の際、自分が言うより一瞬早く藍堂が口を開く。

「さきほど、使いの者が帰ってきた」

「え？」

「おまえ宛てに、これをあずかってきたそうだ」

「手紙とタブレット……って、まさか⁉」

「ああ」

「ほんとに、うちに使いをやってくれたんだ?」

「二言（にごん）はない」

「うん。ありがとう!」

約束どおり、維月の家族のもとに使いを出していたのだ。

手紙は祖父母から、両親と兄たちはビデオレターを送ってくれたらしい。礼を述べてそれらを受け取り、タブレットのほうを見てハタと首をかしげた。

向かい合って座る藍堂に視線をやり、わずかに眉をひそめる。

意味が通じるかどうかは疑問だったけれども、一応訊ねる。

「ここって、電気ないよね?　…ってことは、無線LANも飛んでな……い?」

「そうだな」

「…だよね」

こちらに来て、パソコンやスマートフォンなどを見たことはなかった。家電類も同様で、近代的な機器はいっさいない。

身近にあった便利なものがなにもない現実に、当初は途方に暮れた。

この世界は、まさに映画や本に出てくる古き良き時代の田園風景そのままだった。

典型的な都会人の維月には無理な生活だと思いきや、いざ暮らしてみると案外、普通に日々を送れている。

快適という境地にまではまだ達していないが、そこまで不便とも感じない。

ただし、ここに基地局や電波塔があるはずもなく、最新タブレットを持ってこられても無用の長物(ちょうぶつ)といえた。

せっかくなのに残念と苦笑を漏らして呟く。

「だったら、これは見られないかも。ていうか、無線ＬＡＮってわかるんだ？」

「まあな」

「そっか。神様レベルの能力だっけ」

「私を介せば問題ない」

「は？」

「我らに必要ではないが、人間は複雑で便利な仕組みを考えたものだな」

「…あなた自身がＬＡＮの役割を果たせるとかいう？」

「そう考えてもいい」

「………」

電波も操れるなんて、万能の肩書きは伊達(だて)ではないらしいと唸った。

確かに、夜の暗闇が苦手と言ったら、屋敷の中の照明がそれまでよりも明るくなっている。

鬼たちは根本的に夜目(よめ)が利くので、明かりは最小限でいいとか。

それを維月のためだけに、藍堂が異能を用いてくれた。蠟燭なのにものすごい光度なのはそのせいだった。

あらためて感心しつつ、まずは手紙を読むことにする。

祖父の手紙はかなり分厚かった。突如、離ればなれになった悲しさを綴っているのかと胸が熱くなる。

普通の便箋ではなく、十メートルはありそうな横長の紙に小森家の家系図と、その解説が赤ペンでびっしりと書かれていた。

一枚ずつ捲らず、バサッと広げて読むなんて初体験だ。

「巻物風の手紙って……しかも、結局は僕へのメッセージなし…？」

細かい書き込みをしすぎて、力尽きたのだろうか。期待していた分、肩透かしを食らった気分でどんよりする。

その中で、小森家は平安時代にまでルーツがさかのぼれて、先祖は医薬を司る典薬寮に属し、そこのナンバー２である典薬の助というポストに就いていたと知った。

文系ばかりではなく武闘派の者もたくさんいて、代々、医療関係者を多く輩出してきた文武両道の家系だとか。

そんなに先祖が辿れるなんて、巻物風の手紙が十メートルにもなるはずだ。

小森は元々は『木森』で、古くは『鬼守』と表記していたが、時の流れを経て小森へと変わった。また、小森家には、《金色の宝石とともに誕生した者は鬼の花嫁なり》との伝承があった。

それを承知だったこともあり、家族は金色の宝石を握って生まれてきた維月を大切に育ててきた。

加えて、維月の名前は神に仕える者という『斎』の意味で名づけた。

将来的に鬼へ嫁ぐ身と覚悟していたと書かれていて、どれも初めて知る事実ばかりで驚愕する。

「……もっと早くに教えてよ」

こんな重要な事実を本人に伏せていた理由は、祖母の手紙にあった。

宝石の由来を聞いても半信半疑だった維月に言い伝えを話したところで、きっと信じないだろう。ならば、花嫁になってからで充分ではと考えたらしかった。そのほうが実感がわきやすいとの判断だ。

「いろいろすっ飛ばしすぎてて、思い切り雑だから」

まさか、自分の身内がこうも大雑把だったとはと眩暈を覚える。

婚家先の家風に馴染むよう努力しなさいで、手紙は結ばれていた。

会いたいとか、悲嘆に暮れているとかは、いっさいない。いっそ、血のつながりがないのではと疑いたくなるほどのさっぱり感だ。

祖父母でこれなら、両親と兄たちのビデオレターもなんだか嫌な予感がする。もしくは、今度こそ期待どおりの対応か。

藍堂の『私を介せば問題ない』という言葉が真実かどうかも含めて、固唾を呑む。

ネットにつながって本当に驚き、再生もできて、異能のすごさに感動した。

懐かしい自宅のリビングのソファに、両親と兄二人が座っている姿が映った。祖父母とは別々に住んでいるので、各年代に応じた連絡ツールを取ったようだ。

ビデオレターが始まってすぐ、まずは父親が口を開く。

【維月、元気かい？　こちらは皆、相変わらずだよ】

「父さん」

【いっちゃん、ママよ。旦那様とラブラブしてるかしら】

「……母さん。息子に旦那様っていう前提が、すでにおかしいって気づかないかな」

【家に伝わってる文献を読んだが、頼もしそうな花婿で安心だ】

「和樹兄さん。会ったこともないのに、なに言ってるの？」

【花嫁修業、頑張れよ。おまえなら無敵でパーフェクトな嫁になれる】

「無責任な発言しないでよ、慶樹兄さん！」

父親以外の発言に、即行で突っ込みを入れてしまった。予想が的中して、片手でこめかみを押さえて嘆息する。

維月がいなくなって寂しい。死にもの狂いで自分たちの手に取り戻すといった気概は、まったく感じられなくて拍子抜けした。

愛情はそれなりにたっぷりあるにせよ、この軽いノリはなんなんだと唖然となる維月をよそに、ビデオレターはつづく。

【いけない。言い忘れてたわ。いっちゃん。結婚、おめでとう】

【まさか、こんなに早く維月を嫁に出す日がくるとはなあ】

【親父(おやじ)、あれだろ。バージンロードを維月と腕を組んで歩きたかったみたいな】

【向こうで盛大な結婚式を挙げてくれたって話だし、いいんじゃないか】

【和装だったたっていうお話だから、こっちでは洋装でもう一回お式をするのはどう?】

【いい考えだね】

【ごく内輪だけで、ぜひやろう】

【維月は純白、花婿はグレーのタキシードだな】

【きっと似合うわね。…でも、花婿さん本人もだけれど、あちらのご両親やご親戚に、ご挨拶できないのが心苦しいわ】

【じゃあ、この場を借りてご挨拶しよう。……まだ年若く不束(ふつつか)な息子ですが、何卒(なにとぞ)末永くよろしくお願い申し上げます】

【いつか、弟と一緒にお会いできる日を楽しみにしています】

【甘ったれな弟ですけど、どうかよろしく頼みます】

「…………」

和気藹々なムードで進行する会話の内容に、倒れ込みそうになった。

二度と会えないわけではないとの考えがあるからこその、悲愴感ゼロとみえる。維月の友人たちへは、アメリカに無期限で留学したと伝えたとか。

突然だった理由には、村野との一件を挙げたらしい。

一方的に好意を寄せられてつきまとわれたあげく、実力行使に出られそうになったので身を守る意味でも物理的な距離を置いたと、大学側と友人ら双方に告げた。

実際には暴行を働かれたのだが、そこは維月の名誉を重んじて脚色を加えた。

村野のほうからも大学側は事情を聞いたようで、処遇は検討中らしかった。どんな結果になるにしても、すでにキャンパス中で噂になっているため、退院して戻ってきたにしろ、自主退学するだろうという。

【使いの方から、いっちゃんが襲われたって伺ったとき、ママ、頭の血管がぶち切れそうなくらい村野くんに腹を立てちゃったわ】

【きみは怒っていても可愛らしいよ】

【日頃、おっとりしてる分、ギャップがすさまじかった】

【今回のシナリオも全部考えて、村野に社会的制裁を加えたもんな】

【あら。肉体的には、いっちゃんの旦那様が痛めつけてくださったみたいだから、精神的なほうをちょっと手伝わせてもらっただけよ】

「……母さんにそんな恐ろしい一面が……」

全開の笑顔で追い打ちをかけた母親を想像して、頬がひくついた。

藍堂との連携プレーが見事すぎるのも、微妙に怖い。

つづいて、大学の休学手続きも抜かりなくすませた、時期を見て退学手続きをするから、なんの心配もいらないと説明された。

最後は母親の『せーの！』という合図で、四人が口をそろえる。

【維月〜。世界一、幸せな花嫁になってね〜♡】

「…なんなの、これ」

またねと笑顔で手を振ってビデオレターが終わった直後、項垂れて畳に手をついた。

明るい家族なのは間違いないが、底抜けにもほどがある。来週にでも会うみたいな感覚の発言にびっくりだ。

求めていたものと全然違っていて、嘆かわしかった。

音声だけは聞こえていたはずの藍堂が淡々と言う。

「礼儀正しくも愉快な肉親だな」

「ノーコメント……って、もしかしてヤラセ…⁉」

「ん？」

「じゃないよね。うん。うちは元々、みんなこんな感じだもん」

映像そのものに捏造疑惑を持ったけれど、即座に打ち消した。

ここまで突き抜けられると、乾いた笑いを漏らすしかない。

「それにしても、ものすごいガッカリ感」

「使いをやらないほうがよかったか？」

「ううん。これで逆に、なんだか吹っ切れたかも」

「大丈夫か？」

「うん。家族が心配してないほうがいいんだし」

あんなにもあっけらかんとされたら、こちらもモヤモヤが晴れた。

これをきっかけに、帰る気力がなんとなく削がれていく。

翌日以降も瑠璃と玻璃を伴って人間の世界に帰れる出口を探しに出かけたが、真剣さはほとんどなかった。

あまり気にしないでいた鬼たちの生活ぶりに、逆に興味がわいてくる。

好奇心の赴くままに広い里を回り、隅々まで一ヶ月ほどで行き尽くした。おかげで、顔見知りの鬼も少しずつ増えていった。

「維月様。今日もご視察、ご苦労様です」

「そんなたいそうなものでもないんだけど…」

「さすがは、首領様の花嫁でいらっしゃる」

「…いや」

「お美しい上に天真爛漫(てんしんらんまん)で朗(ほが)らか、かつ素直なご性格とは、誠に素晴らしい」

「買いかぶりもいいところだから」

「事実しか申しておりません。ところで、いつもおひとりですが、首領様とおいでにはならないのですか？」

「まあ……そうだね。考えておくよ」

「お待ちいたしております」

二人セットで見たいらしく、なぜ藍堂と来ないのか、行く先々で訊かれた。そのつど、検討すると同じ答えを返す。彼の都合もあるし、花嫁扱いされることに抵抗感がなくなったわけでもなかった。

可能な限り維月のそばにいようとする藍堂を、瑠璃と玻璃がいるからと同行を断っているのが実情だ。

好意を無下にして覚える後ろめたさに目を瞑(つぶ)り、いろんな作業をする鬼に物怖(ものお)じせず話しかけた。

意外にも、懇切丁寧に全員が答えてくれてうれしい。

ポーカーフェイスなのだが、口調や態度で歓迎されているのがわかった。

手伝いを申し出て遠慮されても、簡単なものだけさせてもらう。中でも、薬に関する仕事では重宝されたた。


鬼で不老不死でも薬が必要なのか怪訝に思ったものの、彼ら特有の病気があるらしい。人間も軽い頭痛や腹痛で死にはしないけれど、痛みを和らげたくて服薬する。それと同じことなのだ。


こちらの世界にも薬剤師のような者がいて、山で摘んできた薬草で薬をつくっていた。

誰かの役に立てる喜びに、これまで得た医薬の知識を惜しみなく分けた。わからないことがあったら、また教えてほしいとも頼まれている。


家族からの『婚家先の家風に早く慣れなさい』というまさかのエールを実行したわけではないが、皆との距離が縮まって打ち解けていった。


「里の者と親しくなっているようだな」

「うん。思ってたより、みんなよくしてくれて驚いてるかな」

「私の花嫁を歓迎しないはずがない」

金色の右眼を細めた藍堂が口元もほころばせて、朝食のときに言った。

おそらく、翠嵐あたりから事情を聞いたのだろう。

穏やかな眼差しに動悸がしつつも、どうにか抑えた。熱くなった頬に片手で触れ、なにげなさを装って話を振る。

「藍堂さ……じゃなくて……藍堂。今日はたしか、里の外れにある結界の見回りに行くんだったよね？」

「ああ」

危うく『さん』づけで呼びかけてとどまった。

当初、瑠璃や玻璃たちに倣って首領様と呼んだら、名前で呼べと眉をひそめられた。その後、藍堂様と藍堂さんも却下され、呼び捨てにしないと問答無用でエロ三昧と圧をかけられての現状だ。

「それがどうかしたか？」

「えっと……みんな、あなたと一緒に来てほしいみたいで。だから、僕と出かけない？」

「おまえは私と行きたいのか」

「僕はどっちでもいいよ。でも、都合がつかないなら無理には…」

「かまわない」

「え？」

「見回りは明日にしよう。私も、おまえといられるのはうれしい」

「……っ」

藍堂の言葉に、またも胸が早鐘を打った。来ないでと言ったり、来てと頼んだり、優柔不断だと自分でも自分に呆れる。

彼にもなんだか申し訳なくて、穏やかな眼差しから目を逸らした。

もとの世界に帰ることと肌を合わせることを除けば、藍堂は維月の願いを叶えてくれる。なにか失敗しても絶対に怒らないし、いつだって本当に優しかった。

ありがとうと小声で囁き、この日は彼と外出した。

これ以来、三日に一回は連れ立って里を回るようになった。

あるとき、薬づくりを担う瑪瑙の家に行く。長年、薬をつくってきたひとりで、研究熱心さから維月とも話が合った。

前回、開発途中だった薬について質問を受ける。

「維月様、あの薬に先日採ってきたこの薬草を入れてみようと思うのですが」

「腹痛に使うやつだね」

「大丈夫でしょうか？」

「うん。理論的には効能が上がるはずだよ。これって、瑪瑙の考えなの？」

「はい」

「すごいね！　僕もそれは思いつかなかった。さすがはベテラン」

極めて建設的な案を出した瑪瑙に微笑んで歩み寄り、大きくて骨張った手を両手で取ってぶんぶん振った。

喜びを分かち合いたい相手が、なぜか激しく頬を引きつらせている。

それほど強くは握っていないのにと首をかしげた。

「どうしたの？」

「い、いいえ。あの……手を、離していただけますか」

「いいけど」

慌てて手を引っ込めた瑪瑙が維月からも数歩、後ずさった。

しきりに自分の背後を気にしているので振り向いたが、藍堂が立っているだけだ。まさか、数秒前まで文字どおり鬼の形相で瑪瑙を睨んでいたとは思いもしない。

視線が合うと金色の右眼をやわらかく細められて、笑い返しながら言う。

「みんな偉いね」

「なにがだ？」

「だって、あなたや翠嵐に癒やしの力を使わせるのが申し訳ないから、こうやって薬をつくってるって聞いたよ」

「ああ。そのとおりだ」

「勤勉で誠実な鬼ばっかりだね」

「おかげでな」

「あなたも働き者みたいだし、トップの影響かな」

「おまえの周囲への影響も大概だが」

「僕がなに？」

「瑠璃と玻璃に護衛強化を言おう」

「どういうこと？」

苦笑いを浮かべて答えない彼に、わずかに眉をひそめた。

医薬に関する知識が多少あるとはいえ、まだ学生の身だ。それを分けていると知って、実は不快なのだろうか。

人間と鬼の体質の違いも踏まえた助言に務めているが、気に障ったかと訊ねる。

「やっぱり、僕は口出ししないほうがいい？」

「いや。なぜだ？」

「ほんとにそう思ってる？」

「無論だ。皆も助かる」

「でも、あなた、ちょっと嫌そうな妙な顔をしてるよ」

「これはまあ……いかにも、おまえらしいと思っただけだ」

「？」

ますますどういう意味か図りかねたが、藍堂が瑪瑙に話しかけたので訊きそびれた。

これ以降も、足繁く鬼たちのもとに通いつづけた。彼らの巨軀や角、牙もかなり見慣れてきている。

スマートフォンも電子レンジも車もコンビニエンスストアも、馴染んでいたものがなにひとつない里の素朴な生活にも、徐々に慣れてきた。

元来の楽観的な性格もあり、こちらの環境にも比較的早く適応できた。

家族や友人と離れた自分を慮(おもんぱか)ってか、藍堂が維月をひとりきりにしないこともある。務めも最低限で終わらせて極力そばにいてくれるし、彼がいないときは瑠璃と玻璃か、翠嵐がいて話し相手になった。

そのせいか、孤独や不安をあまり感じずにすむ。

毎日散策したり、藍堂にいろんな場所に連れていってもらったりするのも、気がまぎれる要因だろう。

ちなみに、家族の反応を知って以来、脱走はしなくなっていた。

今日は、山麓(さんろく)で暮らす彼の両親へ会いにいくところだった。

結婚式のときは、こちらの世界に来たばかりで顔を合わせる余裕はなかった。もう少し早く行きたかったが、藍堂の親に挨拶してしまうと自らを花嫁だと認めるみたいで、ためらわれたのだ。

さすがに、そろそろ礼儀的にもまずい。里から離れた山のふもとに住んでいるとはいえ、ほかの鬼たちとは交流があるのに失礼すぎる。

先延ばしにするほど、きっともっと気まずくなるだろう。

急がなくてもいいと気遣ってくれる彼に頼んで、今に至る。

いつもの瞬間移動かと思いきや、散策がてら馬に乗っている。

屋敷を出て、牧草で覆われた小高い丘にまず立ち寄り、草を食(は)んでいた数頭から黒馬を選んで騎乗した。

「僕の世界の馬よりも、確実に一回りは大きい」

「そうでなければ困る」

「あなたたちの体格的には、これくらいじゃないとね」

「ああ」

「まあ、サイズ以外も別物だけど」

「ん？」

「額にねじれた角が一本、翼も生えてる馬なんて、映画とか本にしか存在しないよ」

「翼のおかげで少々、乗りにくいが」

「ユニコーンって、乙女しか乗れないんじゃなかったかな」

「一角獣ではないからな」

乗馬の経験はないので、藍堂と一緒に一頭に乗っていた。そもそも、体高が高すぎてひとりでは乗れないし、手綱(たづな)をつけていない状態だ。

馬とも意思の疎通が図れるらしい彼ならではの乗り方だった。

逞しい腕の中に囲われるような格好だが、安定感はある。

落ちないよう黒馬のたてがみに両手で摑まって、翼のつけ根を珍しそうに見ていたら、ふと言われる。

「心細いか？」

「馬に乗るのは初めてだから」

「そうではない」

「あ。ご両親と会うほうね。やっぱり、ちょっと緊張するかな」

「そちらとも違う」

「え？」

「まだ帰さないと告げている私が案じるのもなんだが、肉親と離れてだ。吹っ切れたとは言っていたが、本当に大丈夫か？」

「藍堂…」

「どうすれば、おまえの心は多少なりとも安らぐ？」

真摯な声色に、藍堂の心遣いがひしひしと伝わってきた。

もとの世界へ戻すのは今は無理だが、それ以外ならなんでも叶えるとつづけられる。

手紙とビデオレターで家族の真意を知ってから、ホームシックは治っていた。目に映る景色や生き物も奇妙なものばかりにしろ、ずいぶん免疫はついた。

人間はひとりもいない世界だけれど、皆が心を傾けてくれる。その筆頭が、背中に感じる温もりの主だった。

兄の『頼もしそうな花婿で安心』という言葉に違わず、護られている。

そばにいるときはエスコートが当然で、うっかりどこかに指を軽くぶつけただけでも、治癒能力をふるうほどだ。

務めに出ていても、なにかあれば直ちに姿を現す。

まさしく、維月の髪の毛一本であろうと守り抜く意欲が見て取れた。

実家の言い伝えとか花嫁云々はともかく、いつも誠意ある彼自身に好意は抱いていた。

馬上で上体をひねり、振り向いて応じる。

「自分でも意外だけど、そんなに寂しくないよ」

「本心か？」

「うん。あなたや里のみんなが親身になってくれるおかげだね」

「だったら、いいが」

「ちょっと過保護になりすぎだよ」

「否定はしない」

心配性な藍堂に、大丈夫という意味を込めて笑いかけた。

まったく寂しくないと言うと嘘になるが、思いつめるほどつらくもない。たぶん、二度と帰れないわけではなく、身内にも会わせると確約されているのも、精神的な負担を軽くしている一因だ。

家族に使いをやった件で、彼が約束を守るのもわかっていた。

「うちの家族はあんな調子だし、なんか拍子抜けしちゃって」

「友人にも会いたいと言っていただろう」

「こっちにも、新しい友達ができたから平気」

「人見知りしないおまえの人懐(ひとなつ)こさの賜物(たまもの)か」

「どうせなら、仲良くしたほうがいいかなって」

「……それも良し悪しだがな」

「藍堂?」

「溶け込めてなによりだと」

「うん。気を遣ってくれて、ありがとう」

「いや。では、そろそろ飛んでくれ」

「え?　……うわっ⁉」

「たてがみを強く摑むな。私が抱いていてやるから」

「わ、わかった」

次の瞬間、大地を歩いていた黒馬が翼を羽ばたかせて宙に駆けのぼった。

翼は飾りではなかったのだと、はためく様を見て思い知る。空を飛んでいるほうが揺れないという状況に目を瞬かせつつ、見渡した里の美しさに頬をゆるめた。

「上から見たら、緑がいちだんときれいだね」

「怖くはないか？」

「少しだけ。でも、楽しい」

「そうか。飛ぶと早く着くのでな」

藍堂の言うとおり、ものすごいスピードだったが、抱きしめられているおかげで寒くも怖くもなかった。

あっという間に山のふもとに到着し、黒馬がゆっくりと大地に降り立つ。

彼の手を借りて馬を降りると、黒馬は『じゃあ』というように嘶（いなな）いて去っていった。

目の前に立つ屋敷の門をそろってくぐる。首領の座を藍堂に譲って以後、両親はこの場所に住んでいると聞いていた。

全体的にシンプルながら堂々たる造りの家にあがり、居間に通される。

衣服の乱れがないか、入念にチェックした。今日は市松模様のブルーとグレーの着物に、白い帯を締めている。

藍色の着物に銀色の帯を身につけた彼と合わせた色合いだった。

深い息を吐いた維月を、隣に座る藍堂が覗き込んでくる。

「気楽にしていろ」

「無理を言わないでよ」

「とにかく、彼らの言動は真に受けなくていい」

「……もしかして、僕が人間だからいびられるの？」

嫁いびりならぬ、人間いびりか。考えてみれば、首領の嫁を同族ではなく、異種族から娶ってなんの問題にもならないことがおかしい。それも、なにも際立ったものがないごく普通の人間だ。

里の鬼たちが本当によくしてくれるので、そこを忘れていた。

元首領の父親と、その妻の母親はそうはいかないはずだ。厳しく当たられるに違いないと覚悟を決める。

「種族は関係ない」

「わかったよ。心の準備をしておくね」

「そういうわけでは…」

言葉の途中で、藍堂の両親が居間に入ってきた。

見慣れつつある巨軀だが、いちだんと大きく見える。父母のどちらにも、彼はあまり似ていなかった。

眼も金色ではなく、青色だ。そもそも、鬼たちはルックスで年齢を判断するのが難しく、全員似通っているため、親子に見えない。

向かいに敷かれた座布団に腰を下ろした二人の視線が痛いほど突き刺さった。

俯きそうになる自分を奮い立たせ、彼らを見つめて口を開く。

「ご挨拶が遅れて申し訳ありません。小森維月と申します。今後とも、よろしくお願い申し上げます」

どうにか告げて小さく頭を下げたが返事はなく、無言がつづいた。

張りつめた空気の中、そろそろと顔を上げる。睨み合いのような状況に、『よくもうちの息子をたぶらかして！』と修羅場になったらどうしようと固唾を呑んだ。

拉致されたのは自分だという反論は聞き入れてもらえるだろうか。有無を言わせず半殺しの刑は勘弁願いたかった。

あまりの緊張感に、内臓もろとも吐きそうになる。

沈黙に耐えかね、なにか言おうとした矢先、ハスキーな低音が言う。

「我らにはない楚々とした風情だな」

「ええ。とても愛くるしい」

澄んだ響きの声がつづき、ようやく両親が答えてくれたと悟った。

安堵とともにこっそり息をついた維月に、笑いかけられる。ポーカーフェイスが基本の彼らなので破格の対応だ。

　こちらも微笑で応えた途端、つけ加えられる。

「……もう辛抱できそうにない。見たか、今の笑顔を」

「もちろん。心臓を鷲掴みにする悩殺の微笑みね」

「婚礼のときは話もさせてくれず、我慢を強いられたからな」

「あの日は折れたのだから、文句は言わせない」

「そのとおりだ。いざ、我から！」

「わたしは藍堂を見張る」

　大きな身体で素早くいざり寄ってきた二人のうち、藍堂の父親が不意に両腕を維月へ伸ばしてきた。

　避けるわけにもいかなくて、何事と思っている間に抱きしめられる。

「えっ？　ええ？　……あの…⁉」

「壊れそうで力加減が難しいが、なんと可愛らしい」

「は……？」

「人間の中でも、我が家の花嫁はとりわけ愛らしいな」

「……はい？」

「どうだ、この花のような香り。ずっと愛でていたいものだ」

「あ、ちょっ……くすぐったい、です」

「声も聞き惚れてしまいそうな音色だな」

全身を撫で回しつつ、頬ずりもされて身じろいだ。とにかく体格がいいので、抱きすくめられていては身動きすらままならない。

状況が把握できずに見遣った藍堂は、苦々しい顔つきで唸っていた。腰を上げようとするそばから母親に押さえつけられている。

ほどなく、今度はその母親が父親と入れ替わった。

維月を胸元深く閉じ込めて、髪に鼻先を埋めてくる。ふくよかなバストのふくらみに、どぎまぎしてしまう。

「よく、藍堂の花嫁になってくれました。歓迎します」

「あ、ありがとうございます。でも、僕、男ですけど…」

「それは些細(ささい)なことです。こんなにも可愛らしいのだから！」

「……はあ」

「ほかの人間はどうでもいいにせよ、我が家の花嫁は格別な存在よ」

「えっと…」

「あんなにも小さかったのに、大きくなって。まあ、今でも我らからすれば華奢には違いないのだけれど」

「ん……⁉」

「確かに、あの頃の面影もある。未来永劫、可愛がるわ」

「?」

なんだかよくわからないが、両親がものすごくウエルカムな姿勢なのは察した。愛情表現が欧米並みにダイレクトで濃厚なのものだ。

いびるどころか、超絶な猫可愛がり状態で呆気に取られる。

彼らの言動を気にするなと藍堂が言っていたのを思い出した。おそらく、こうなると予想がついていたのだろう。

その後も維月を離そうとしない二人に、彼が口を挟む。

「いい加減に、私の花嫁を返してください」

「毎日独り占めはいかがなものか」

「嫉妬深い男は嫌われますよ」

「お言葉ですが、夫の当然の権利です」

「あ」

藍堂の腕に抱き取られて、なんとなくホッとした。眼前の太い首筋へ無意識に腕を回してしがみつき、広い肩口に頬を寄せる。

宥めるように背中を撫でてくる手に、いちだんと安堵感を覚えた。

「無念だが、今日はこれくらいにしておこう」

「仲睦(なかむつ)まじそうでなによりだこと」

「維月殿、息子を頼む」

「二人そろって、いつでも顔を見せにきなさい。維月殿だけでもかまいませんよ」

「は、はい。また近いうちに」

声をかけられて、両親のほうに視線を向けて答えた。

座布団に座り、居住まいを正してからと思ったが、藍堂が抱擁を解いてくれずに抱きしめられたままの体勢だ。

彼らに別れを告げるまで、維月は藍堂からずっと離れずにいた。

帰りは瞬間移動で、瞬く間に藍堂の部屋に戻る。大きく息をついたあと、ようやく解放された。

なんとも言えない表情を浮かべて言われる。

「すまない。驚かせただろう」

「まあ、うん。でも、嫌われてなくてよかったかな」

「嫌うわけがない」

むしろ、維月に対して過剰な愛情を持っていて厄介だと嘆息する。だから、あまり会わせたくなかったとかぶりを振られた。

自分が顔合わせを渋っていたのは、彼には好都合だったらしい。

確かに、ほぼ初対面なのに異様な好かれ方だと思い返した。維月のことを前から知っていたような発言もあって訝ると、苦笑まじりに返される。

「おまえの誕生後、成長を見てきたせいだ」

「僕が生まれたときからって、どうやって？」

「それは…」

「そっか。あなたの親なら霊力が使えるんだっけ」

「……そうだ」

「その能力で僕を見てたんだね。なんか、恥ずかしいけど」

「気分を害させたなら、悪かった」

ただし、始終見ていたわけではない。危険があれば助ける前提で、普段は定期的に無事を確かめるにとどめ、声は聞かないようにしていたと言い添えられた。

プライバシーに配慮した防犯カメラみたいだと受け取る。

不愉快さは覚えず、昔から見守ってくれていたんだなと思えた。

「怒ってないよ」

「そうか」

「どうりで、ケガも病気もなく育ったわけだって納得したかな」

維月の家族が大切に育（はぐく）むと同時に、藍堂の両親の力添えもあったのだ。
ほろ苦い笑みを湛えている彼が頬に触れてきた。なにと目線で訊ねると再度、抱き寄せられる。

至近距離で金色の右眼に見つめられ、早まる鼓動に戸惑った。
唇を啄まれて身をよじったが、腰に回った腕にさらに力がこもる。

「藍堂…？」

「おまえが欲しくなった」

「でもっ……まだ、昼間で明るいし」

「関係ない」

「そ……待っ……んんう」

深く濃厚なキスで、吐息ごと言葉を奪われた。帯がほどける感覚に動揺したけれど、藍堂の手は止まらない。

脱がせた着物の上に仰向けで押し倒され、素肌に直接触れてこられて身を震わせた。
里の暮らしにも、鬼たちにも、ずいぶん慣れたけれど、彼と身体を重ねる行為だけは、いまだに慣れない。

身体はともかく、心がついていかなかった。
それでも、藍堂自身を挿入こそされないものの、淫らなことを毎晩される。

抗ってもやめてもらえず、快感を植えつけられて泣き濡れるのが常だ。すでに、キスで気持ちよくなる術を覚えさせられている。

口内にある性感帯を刺激されただけで、性器が芯を持っていた。

さらなる性器への愛撫でも法悦に溺れたあと、後孔に指を挿れられる。

「あ……んぅ、ああ……ゃんん」

「中がうねっている。悦いらしいな」

「ち、がっ…ぁああ……ふ、んあ…っ」

「違わないだろう」

「やっ……ぁん、んっん……あっあっ」

否定したかったが、新たな快感に喘ぎ声をあげた。

敏感な内襞を指で弄られるだけならまだしも、粘膜内を伸縮自在な爪で擦られてはたまらなかった。

弱点を中心に親指を除く四本で深部までも刺激されるから、なおさらだ。

激痛もつらいけれど、過ぎる快楽も心身に毒だと痛感する。

「嫌ぁあ……も、奥っ…あぅ……破れちゃ…う」

「もっとか?」

「やめ、あっん…あっ、あっ……ん」

「だいぶん拡がるようになった。丹念に慣らすのも悪くない」

「っは、あ……あぁあ」

「そのうち、癒やすことなしに私を受け入れてもらいたいのでな」

「そ、んなの…ぁ」

無理に決まっていると言いたかったが、嬌声にすり替わった。

無傷で藍堂のものを呑み込める日は、永遠に来ない。体格差を考えたら一目瞭然だろうと説得したいのに、弱いところばかり突かれて弱り切った。

指を抜かれ、熱い巨塊を後孔に押し当てられて両眼を瞠る。

着物は着たまま、裾をくつろげた格好の彼に両脚を大きく開かれて持たれていた。

先端が挿ってきた途端、身体が裂けそうな痛みに涙を振りこぼす。

「やぅう……痛っ、痛いよ……ひあっ……だめ！」

「力を抜いて深呼吸するんだ」

「挿れ、な……壊れっ…うぅう……藍、堂…っく」

「まだか」

「抜いて…ぇ」

身を引いてくれた藍堂が、維月の目尻を唇で拭う。自らの欲望を優先させず、譲ってくれる自制心に助かっていた。

いくら傷を治せるからといって、毎回無理やり最後まで抱かれたら心が病みそうだ。

安堵して気を抜いてほどなく、頬、口角、首筋と這っていった彼の唇に鎖骨や乳嘴、臍付近も軽く吸われた。

脚のつけ根を食まれて身じろいだ直後、腰の奥を覗かれる。

「やだっ……なにするの⁉」

「傷ついていないかの確認をな」

「ケガは、してな……んあぁ…あ、ぁん」

切れた感じはなかったと言うより早く、秘処に口をつけられた。慰撫するように舐めるだけでなく内部にまで舌が侵入し、翻弄される。

また一方的に過剰な快楽を与えられて、思考が朦朧となった。

「んっ…ふ、あっんん……ゃん…」

「急くつもりはないが」

「あ、っん…ああっ……藍、ど…ぅ」

「早く、真の意味で私を受け入れてくれ」

「嫌ぁん……も、やめ…っふあ……あぁあ」

「誰よりも愛おしい私の花嫁」

「っはあ…あっあ…んく……や、んあぅ」

「心の底から、愛している」

鼓膜をくすぐる低い声が紡ぐのは、愛の言葉がほとんどだった。

深い情を注がれていると確信できる瞬間のひとつだ。胸がほっこりする反面、どうして自分なのかという疑問もあった。

実家に伝わる伝承を知ったところで、詳細はさっぱりわからない。藍堂に訊ねても、笑ってはぐらかされていた。

花嫁扱いは微妙なのに、彼に抱かれるのが嫌ではなくなりつつある自分に困惑した。

「はあ…」

大きく息をついて、雨模様の庭をぼんやりと眺める。

雨とあって今日は散策には行かず、あてがわれた自分の部屋にいた。

務めをすぐにすませて帰ってくるといって出かけた藍堂にかわり、瑠璃と玻璃が維月のそばにいる。

なんの気まぐれか、二人とも子柴もどきではなく、人の姿を取っていた。

「溜め息、何回目だよ」

「瑠璃？」

「なにか悩み事でもおありですか、維月様？」

「玻璃」

心配そうな声色で問いかけられ、彼らのほうに視線を向ける。

凜々しく端麗な相貌とは裏腹に、耳と尻尾が可愛くて和んだ。心境と直結しているせいなのか、どちらも少し垂れぎみで抜群にキュートだ。

瑠璃は黒い作務衣で漆黒の長髪を背中に流し、玻璃は生成り色の着物に黄土色の帯を締め、長い白髪をハーフテールに結んでいる。

瑠璃も玻璃も、なんだかんだ言いながら維月の面倒を細々と見てくれる。

里の鬼たちも皆、とても親切だ。なにより、包容力があって優しい藍堂のことが、彼の両親に会いにいって以来、なんだか気になるようになっていた。

こちらに来て、すでに四ヶ月が経つ。ようやく落ち着いてきて、以前よりも彼としっかり向き合う時間が増えた結果、多くの面が魅力的に映って困った。

特に、あの金色の右眼で見つめられると、不整脈ばりに脈が乱れ打つ。

なにげない会話でも、維月への愛情が感じ取れてうれしかった。

この感情がどういう種類のものかは、よくわからない。けれど、藍堂に惹かれているのは認めざるをえなかった。

もしかすると、これが恋なのだろうか。こんな気持ちは初めてで、恋愛経験がないため見当さえつかなくて戸惑った。

さすがに、本人に訊くわけにもいかず、悶々と過ごしている。

日々、愛を囁かれるが、なぜ自分なのかがわからずに迷った。それとも、恋愛に意味を求めてはいけないのかもと悩む。

男同士なのも、引っかかりは多少あった。男の自分が花嫁というのも、まだしっくりこないが、今までになく藍堂を意識し始めたのは事実だ。

彼に相談できないのなら、瑠璃と玻璃に頼るしかない。

碧と紫の瞳を縋るように見つめ返し、慎重に訊ねる。

「あのね。瑠璃と玻璃はその……恋したこととかあるの？」

「長く生きてるんだ。ないわけないだろ」

「それなりに経験しておりますが」

「そっか」

当然とばかりに答えられて、胸を撫で下ろした。体験談を聞くのが最も理にかなっているからだ。

勢い込んで、核心に迫った質問を投げかける。

「じゃあね、二人なら、いいなと思う人になにをしてあげる？」

「いいっていうのは、交尾したいくらい好きって意味か？」

「こっ……まあ、うん…」

「わたくしでしたら、まず相手が喜ぶようなことをいたします」

「俺もだ。やっぱり、好きなやつが喜ぶ顔を見たいもんな」

「ええ。相手の喜びが自らの喜びになりますから」

「なるほどね」

ものすごく参考になる意見に、真顔で何度もうなずいた。経験者の言葉は説得力がある上に、重みが違うと感心する。

早速、藍堂を喜ばせる方法はと思考をめぐらせた。

料理は全然できないし、洗濯も高価な和服を片っ端から縮めそうだし、掃除も屋敷が広すぎて終わるまで三日はかかりかねない。

藍堂の両親に親孝行しようにも、彼が思い切り嫌がりそうだった。

一度顔を合わせて以来、なぜか維月と父母を会わせたがらないのだ。激しいスキンシップはさておき、好ましい彼らと交流したいけれど、止められているのでできない。

ほかにもいろいろと考えてみたが、妙案は思い浮かばなかった。

そもそも、藍堂の好みについて詳しく知らなくては、やりようがないと気づく。

そこで、つきあいが長い瑠璃と玻璃にまた知恵を借りる。

「ちなみに、彼ってどんなことで喜ぶかな」

「維月様が首領様にして差し上げる前提ですか？」

「そう」

「そりゃあ、首領様を気持ちよくさせるのが一番だろ」

「たとえば褒めたり、肩を揉んだり？」

「違う。寝床で満足させるんだ」

「！」

「おそらく、維月様はもうなさっておいでtogether でしょうが、この場合はさらに悦んでいただくのが目的です」

「う……」

「同じ男なんだし、維月様もわかるだろ」

「花嫁が床で淫らな分には、花婿はうれしいものかと」

「……っ」

指摘を受けて頬が熱くなる傍ら、ハッとする。

毎夜、エロいことをされているが、維月だけが気持ちよくさせられていた。ときどき、藍堂自身を挿れられかけるけれど、痛がるので毎回やめてくれる。

考えなくても、男の生理としてはかなりつらいはずだ。

いつも寸止めで我慢させられるなんて、常に不完全燃焼に違いない。たぶん絶対、少しも彼は満たされていないと確信できた。

「……そうだよ」

唯一、身体をつなげた際も、激痛のあまり藍堂を締めつけまくった。あんなに圧迫されたら、彼も痛かっただろう。そんなことにさえ、たった今まで気づかずにいた。かといって、あの巨塊を受容するのは勇気がいる難題でもある。

なにしろ、冗談抜きに身体が引き裂かれそうな激しい痛みとの戦いだ。挿入以外の行為も充分にこなせていないし、やはり痛いのは嫌だった。同性を誘うというのも恐ろしくハードルが高い。

尻込みしそうになって、小さくかぶりを振った。

自分の気持ちを確かめるためにも、ためらっていてはだめだ。男同士がとか、花嫁扱いがどうだとかのこだわりを捨てて、意識も切り替える。

藍堂に喜んでもらえるように、彼自身を受け入れる訓練に励むと決意した。

できれば、今夜の寝床で実践したいが、後孔に自らの指や、それに相当する異物を自分で挿入して慣らすのは気が進まない。

藍堂へ頼むにも、昼夜を問わず性行為に溺れてふしだらと思われるのは避けたかった。

それに、サプライズで彼を喜ばせたい。

逡巡の末、羞恥を堪えて三度、瑠璃と玻璃に協力を仰ぐ。

「瑠璃、玻璃。頼みがあるんだ」

「なんだ？」

「どんなことでしょう？」

「申し訳ないんだけど、その……二人の手を、僕のお尻の孔に挿れてくれるかな」

「な⁉」

「……！」

愕然とした面持ちで固まっている彼らのほうに身体ごと向き直った。

二人分の指で慣らされたら、いい線をいくかもしれない。彼のためにぜひサポートをと熱心に口説いた。

「人の姿でいてくれて、ちょうどよかった。お願いできる？」

「……本気で言ってるのか？」

「もちろんだよ」

「首領様にご相談なさったほうがよいかと存じます」

「それができないから、頼んでるの」

滅多になく腰が引けた様子の瑠璃と玻璃に、維月のほうから近づいていった。ところが、距離を詰めた分だけ後ずさりされる。さらに詰め寄っていっても、また遠ざかられた。

めげずに何度も、それを繰り返しながら必死に頼み込む。

「ねえ。僕も頑張るから、手伝ってよ」

「却下だ」

「無理です」

「そこをなんとか。このとおり！」

「俺たちの意思は無視かよ」

「首領様に顔向けできなくなります」

「藍堂には内緒で」

「ばれないわけがないだろうが」

「僕が危険なときしか、様子は見ないって言ってたから大丈夫」

「絶対に危機と判断なさると思います」

「全然、危なくないのに？」

「とにかく、だめだ！」

「考え直していただけますか」

「ほかに、いいアイデアがないんだもん。ねえってば」

何度、懇願しても断られて弱ったあげく、覚悟を決めた。

瑠璃と玻璃の迷惑も顧（かえり）みず、立ち上がって帯をほどく。ギョッとした表情になった二人の目の前で着物を脱ぎ、藍堂に刻まれた吸痕が残る素肌をさらす。

「一生のお願いだよ。手を貸して？」

「言葉の意味が違いすぎるだろっ」

「お戯(たわむ)れも大概に！」

「悪ふざけじゃないし、僕もすごく恥ずかしいんだからね」

「だったら、やめろ‼」

「ならば、お召し物を身につけてください、維月様」

全裸で迫る実力行使に出た維月から、彼らが慌てふためいて逃げ出した。

追いかける寸前、苦笑を含んだ低い声が室内に響く。

「やめないか」

「え⁉」

一瞬ののち、宙から突如、藍堂が姿を現した。

これ幸いとばかりに、瑠璃と玻璃が慌ただしく状況を説明する。瑠璃の言うとおり、タイミングを見計らったような彼の登場にばつが悪くなった。

チョーカーのみつけた裸体を隠そうと、その場にしゃがみ込む。

「んじゃ、首領様。俺たちはこれで」

「あとはお任せいたします」

「あ……瑠璃、玻璃！」

藍堂と入れ違いに彼らが姿を消し、部屋に二人きりになる。

長い両腕に抱き上げられて、胡座をかいた彼の膝に横抱きにされた。視線が合った途端、窘（たしな）められる。

「護衛を困らせるな」

「もしかして、ずっと見てた？」

「いいや。『大変な事態が起きている』と、あれらに呼ばれた」

「瑠璃と玻璃も霊力を持ってるの⁉」

「私とは異なるものだがな。そうでなければ、おまえの守護は任せない」

「…そっか。ごめん。僕の都合で二人を不愉快にさせたよね」

「むしろ、役得だっただろうが」

「それはないよ。僕の裸なんか見たって、貧相なだけでなにも楽しくないし」

「無自覚とは罪だな」

「藍堂？」

唸るような呟きの意図を訊ねたら、頬を歪められた。

藍堂の両親と会ったときと共通するような不機嫌な気配を悟る。彼の守護霊獣たちを身勝手な理由で不快にさせたからだと反省した。

瑠璃と玻璃にもあとで謝らなければと思っていると、答えが返る。

「おまえの考えと他者のそれは、必ずしも一致しない」

「……え？」

「自らの言動がもとで、意図せぬ事態を招くこともある」

「あ」

「今後はもう少し、注意深く振る舞うようにな」

「…うん。そうだね」

当然すぎる指摘に、俯き加減でうなずいた。

対人関係で相手を誤解させてしまう維月の悪い癖だ。根本的に共感力の乏しさが原因と、今頃わかって猛省する。

藍堂にまで嫌な思いをさせた自分に呆れた。

きちんと謝る一方、詳細についてどう解説すればいいか迷う。

結局、頭の整理がつかずに上目遣いで言いよどむ。

「えっと、怒ってるよね？」

「私以外の者が、おまえの裸体を見たことは好ましくない」

「あの……これにはちょっと、わけがあって」

「まあ、志乃とは異なる部分も新鮮で楽しいがな」

「?」

どこかおもしろそうにつづけられた言葉に、首をかしげた。同時に、胸の奥の深いところがじんわりと温かくなり、急激にうれしさが込み上げてくる。

彼と出会う直前から起こり始めた、自分のものではない感情がこうやってわき起こる現象に困惑を覚えた。

嫌な感じはないし、日増しに馴染んでいく感覚なのだが、多少の違和感は拭えない。

こういうとき、藍堂はひどく懐かしげな、意味深な眼差しで維月を見つめている。まさに今も、その視線を感じた。

見つめ合った状態で、いつもみたいに問う。

「なに?」

「なんでもない」

「だったら、いいけど…」

追及しても答えてくれないのは経験上、承知なので、深追いはしない。それより、さきほどの発言はどういう意味か訊き返す間際、彼の唇が降ってきた。

逃れる間もなく、易々(やすやす)と吐息を奪われる。

「んふっ……んんぅ」

上唇と下唇を甘噛みされたあと、口内に舌が滑り込んでくる。

舌を搦め捕られ、唾液を交換する濃厚なキスになっていった。脚の間に手が入ってきて、無防備な性器を包み込まれる。

知り尽くされている弱みを的確に刺激されて眉を寄せた。

キスの合間に、甘やかな声が囁く。

「私を喜ばせたいという、おまえの想いだけで満足だ」

「っあ……で、も…」

「あえて望みを言うなら、この身は私にしか触れさせてはならない」

「んぁん、ああ…んっ……あ、っあ」

「瑠璃、玻璃、翠嵐を含む誰であろうとだ」

「あっあ……ゃあ……んん…ふあっん」

「無論、身を任せるなど言語道断だが」

「あ、あ…あっう……んあぁんん…ぁあ」

先端を爪先でぐりぐりと弄られて、下肢を揺らめかせた。強烈な快楽に嬌声が止まらず、逞しい二の腕を強く摑む。

キスがほどけて息を弾ませる維月の耳朶を食みながら、念押しされる。

「わかったな?」

「い、やっ……あう、耳……嚙んだ、ら……だめ…っ」

「この場で私に誓うんだ」

「わかっ…た……から、あぁああ！」

耳裏の薄い皮膚に牙を軽く立てられた瞬間、精を放っていた。

硬直した肢体から力で抜けていく間、顔中に優しいキスが降り注ぐ。唇を舐めてくる藍堂と見つめ合い、その頰に片手で触れた。

吸い込まれそうな金色の右眼に見蕩れつつ、切り出す。

「あなたにも、気持ちよくなってほしいんだけど」

「そうか」

「うん。なにをすればいい？」

彼自身を挿れる準備をするか訊くと、目を細められた。

なんでも言ってと促した維月の腰付近を撫でながら、藍堂が応じる。

「この奥を慣らす前に、別のことを頼みたいのだが」

「いいよ」

「安請け合いして大丈夫か？」

「もちろんだよ。なに？」

「私のものをしゃぶってくれ」

「⁉　……まさかのフェラ希望…」

「嫌か？」

「や。えっと、想定をはるかに上回る大胆なリクエストだったから驚いただけ」

「無理強いはしない」

「ううん、平気。その……ちょっと、心の準備がね」

内容を聞いて弱腰になりかけたが、自らを叱咤して気合いを入れた。

早速取りかかるべく膝から下りて彼の前に両膝をつき、そろそろと上体を倒す。

着物の裾を捲り、現れた立派すぎる陰茎に早くも怖じ気づいた。息を呑んだけれど、覚悟を決めて顔を近づけていく。

ずっしりと手に余るそれと藍堂を交互に見て惑っていたら、彼が笑った。

「おまえの口には、とても入り切れないか」

「どうしたら…」

「手を使って、歯は立てずに舐めるしかないな」

「そんなので満足できるの？」

「こういうものは、心の持ちようだ」

「でも」

「いいから」

精神的な問題と言われても、よくわからなかった。藍堂がそれでかまわないのならと、アドバイスに従う。

先のほうからおずおずと全体的に舐めたり、軽く食んだりした。

つけ根はもっぱら手を動かし、陰嚢も揉み込む。

いつもしてもらっている行為を維月なりに真似てみた。

きちんとできている自信はないが、なんとなく芯を持ってきていた。彼を見上げると、髪を撫でられる。

「うまいな」

「んっ……気持ち、い…？」

「ああ。自制心が持つか心配なほどに」

「よかっ…た」

「……っ」

「え？」

突然、完全に勃ち上がった藍堂に両眼を瞬かせた。思わず湛えた笑顔の色香が彼を煽った自覚はまったくない。

無意識の誘惑で、さらに、間近にあった先端から溢れた先走りを舐める。

思ったよりも変な味はしなかったので、さらに吸った。

低い呻きとともに、苦笑まじりの声が聞こえる。

「自らの言動が私にもたらす影響には、気がついていないのだろうな」

「んむ?」

「そういう無垢さも愛らしいが、責任は取ってもらおう」

「はっ、ん……ふあっ……んうぅう!?」

手の中でいっそう強く脈動した屹立が、唐突に果てた。

先端を口に含んでいたため、口内に精液が一気に流れ込んでくる。あまりにも大量で飲み込み切れず、咳き込みながら吐き出してしまった。

「ごほっ…うく……んぅん、んんっ」

まだ終わっていない射精で、顔にも体液がかかる。

肩で息をつく維月の顎に手がかけられた。視線が絡んだ藍堂が口角を上げ、身を乗り出してきた。

満更でもなさそうな表情に、あらためて安堵を覚えた。

「私の精を飲み、精にまみれたおまえも一興だ」

「満足、した?」

「おまえの精を私が飲んだらな」

「えっ……あ、んぁん…あっ」

畳に押し倒され、大きく開かされた脚の間に顔を埋めた彼が性器を銜えた。

自分のつたない口淫とは違い、めくるめく快楽に溺れさせられる。一回極めているので、いちだんと感じやすくなっていた。

しかも、いつになく焦らされる。達しそうになると、根元を指の環で縛めて堰き止められて乱れた。

「あぁん……あっあっあ……も、いかせ…て」

「まだだ」

「や…嫌ぁ……手を、離し…っ」

「もう少し乱れるといい」

長い髪を引っ張って促しても、聞き入れられなかった。

行き場を失った身体中の熱が下腹部に凝縮されていく。解き放ちたい一心で藍堂に何度も哀願した。

ようやく解放が叶ったときには快感で瞬時、意識が飛んだほどだ。

のどを鳴らす音で、ふと我に返る。股間から顔を上げて自らの唇を舐めている彼と目が合い、頬が熱くなった。

「今度こそ、満足？」

「そうだな」

「とりあえずは、だよね。次はあなたを挿れなきゃ」

「ずいぶんと積極的になったものだ」

「こういうの、はしたないって思う？」

「いいや。どんなおまえでも、私には好ましい」

「そっか……っんぁう」

そのまま、後孔に口をつけられる。ほどなく、尖らせた舌が体内にもぐり込んできて、唾液を流し込まれた。

指も加わり、内襞を丁寧に慣らしていく。

身悶えずにはいられない箇所をしつこく弄られて取り乱した。

含まされた三本の指での愛撫で二回、果てたあと、あまりの心地よさに恍惚（こうこつ）となる。

「まだ、ぼんやりしていろ」

「ふ、ん……ぁ」

「息むなよ」

「うっく…うぅ……ひあっあ！」

指に替わってめり込んできた巨塊に激痛が生じた。

陶酔感は霧散し、痛みに全身を強張らせる。頑張ると意気込んでいたが、厳しい現実を突きつけられた。

ここは我慢と歯を食いしばったけれど、身を裂かれる痛みを思い出して挫折する。

仰向けの維月に覆いかぶさっている藍堂の胸板を両手で押し返して、涙眼でゆるゆるとかぶりを振った。

「い、たい……やっぱ、り……無理、ごめ…っ」

「そのようだな」

「つづ……け、る?」

「やめておこう。おまえが口でしてくれただけで充分だ」

「藍、堂…っく……ごめん、ね?」

「気に病むな」

腰を引いた彼が大事そうに維月を抱きしめて、目尻に唇を押し当てた。滲んでいる涙を拭ったのだ。

腹部に触れる硬いままの藍堂自身が気の毒だった。

言い出したのは自分なのに申し訳なくて、間近にある金色の右眼を見つめて囁く。

「下手だけど、口でさせて?」

「罪悪感で気を遣う必要はない」

「僕がしたいんだよ。ほんとだから」

「ならば、頼もうか」

「うん」

もう一度、藍堂のものを口と手を使って慰める。

途中で臆して、ちゃんと喜ばせられなかった自分が情けなかった。

次こそはと張り切る一方、『志乃とは異なる部分も新鮮で楽しい』という彼の発言が気にかかった。

うやむやにならないうちにと翌日、維月は藍堂に直接訊ねることにした。

藍堂は子を授かった一族の家を訪ね、首領として無事の出産を祈る儀式を行うらしい。

ちなみに、二百五十年ぶりの慶事なのだそうだ。金鬼という種族は元々、繁殖力が低いとかで、子供がなかなか生まれないらしかった。不老不死の弊害かもしれない。

朝食をすませて出かける彼を見送る際、単刀直入に口にする。

「昨日あなたが言ってた志乃って、人の名前？　それとも鬼？」

「人間だ」

「それって、誰？」

「おまえの先祖の名だ」

「え!?」

想像もしていなかった答えが返ってきて驚いた。

里の鬼たちは人間とはかかわらない流儀と聞いていたので、高確率で鬼と思っていたからだ。しかも、維月の祖先だなんてと考えて、祖父の手紙が脳裏に浮かぶ。

実家に伝わる言い伝えの内容が鬼関連なのだ。多少なりとも、なんらかの関係がなければ伝承そのものがないはずだろう。

ただ、手紙には鬼とのかかわりについては書かれていなかった。

小森家に具体的な交流の記録がないのなら、詳細な説明は藍堂に訊くしかない。

「どういう人なの？　あなたとはどんな関係があったの？」

「今は、あえて知る必要はない」

「でも」

「そのうち、わかる」

「少しくらい教えてくれても…」

「夕刻までには帰る」

「藍堂」

「瑠璃と玻璃をくれぐれも困らせないように」

「あんなことは、もうしないよ」

「では、行ってくる」

「……行ってらっしゃい」

昨日の一件を揶揄(やゆ)されて、溜め息をつきつつ送り出した。

なぜ、今ではだめなのだろう。いずれ知るのであれば、時期が多少早くなってもよさそうなものだ。

釈然としないまま、その日のうちに祖父の手紙にあった家系図で確かめたら、志乃という名前は確かに記されていた。

「かなり昔の人だ」

平安時代初期に生きた女性で、維月からすると分家筋に当たる人物だった。

十六歳と早くに亡くなっているけれど、死因は不明だ。

医学が未発達で寿命が三十歳から四十歳とあり、風邪がもとでも命を落とす時代だ。志乃というこの祖先も、流行病(はやりやまい)かなにかで他界した可能性が高い。

藍堂が返事をくれなかったため、それ以上の情報はわからずじまいだ。

ならばと、彼を喜ばせるサプライズで迷惑をかけ、すでに謝っていた瑠璃と玻璃に訊ねる。今日の彼らは子柴の姿を取っていた。

快く許してくれた彼らも、そろって首をかしげる。

「名前が志乃っていう人間の女？」

「うん」

「平安の世の当初に生きていて、首領様と関係がおありになる」

「西暦で言うと、九〇〇年頃の人みたい」

「聞いたことないな」

「わたくしも存じません」

「そっか…」

二人とも隠し事をしている様子は窺えなかった。

もしかしたら、藍堂以外の者は知らないのかもと推測する。そうなると、彼が教えてくれるのを待つほか手段はない。

お手上げ状態の維月に、思いついたとばかりに瑠璃が告げる。

「翠嵐なら、知ってるかもな」

「えっ」

「あの方はわたくしと瑠璃よりも首領様との縁(えにし)が長くていらっしゃるので、充分にありえますね」

「そうなの？」

「ああ。俺たちは、たかだか千年くらいしかそばにいないからな」

「維月様がおっしゃる頃の首領様を存じ上げないのです」

「千年だって、充分すごいけど」

いささか残念感を漂わせる瑠璃と玻璃を、驚愕の視線で見つめた。

明治時代を最近と言っていたのもだが、やはり時間の感覚が違いすぎる。生まれながらの不老不死だと、時の流れをゆるやかに感じるのかもしれなかった。

維月の反応にも、そんなものかとヒゲを震わせただけだ。

「だから、それより前から首領様に仕えてる翠嵐は、なにか知っててもおかしくないだろうって話になる」

「なるほど。あ。今さらなんだけど、訊いてもいい？」

「なんだ」

「瑠璃と玻璃が藍堂と出会ったきっかけは？」

「危ないところを、首領様に救っていただいたのです」

いわく、金鬼の里と別の世界をつなぐ狭間で彼らは誕生した。

生まれてまだ間がなく、霊力も万全ではなかった瑠璃と玻璃を偶然見つけて食らおうとしていた天狗（てんぐ）から、藍堂が助けて面倒を見てくれたらしい。

自立できるようになった頃、故郷に帰るといいと言われたが、自分たちの意思で残り、恩返しも兼ねて彼の守護を買って出たそうだ。

「そうだったんだ。瑠璃と玻璃にとって、恩人なんだね」

「そんな言葉じゃ、到底、足りないがな」

「なにと引き換えにしても護りたい方です」

翠嵐もそうだけれど、瑠璃と玻璃も藍堂に対する忠義が篤い。

彼のカリスマ性もだが、周囲への配慮もある気がした。一見、冷たそうだし、常に冷静かつ理性的にせよ、本質的には優しいのだと周りは知っている。だから、皆が彼を慕ってついていくのだろう。

「じゃあ、維月様。これから、翠嵐の屋敷に行くか」

「二人も来てくれるの？」

「もちろんです」

「でも、今って藍堂と務めをしてるんじゃない？」

「今日は概ね、別行動だと伺っています」

「おめでたい行事に、彼は参加しないの？」

「手配だけで参列はしない。元来、儀式は首領様のみが執り行うものだ」

「翠嵐は記録係でもありますからね。首領様と一緒でないときは自身の住まいにいらして、書き物をなさっていらっしゃいますよ」

「そうなんだ。いろいろありがとう！」

「おい、維月様っ」

「こういうことは控えてください」

「だって、可愛いんだもん」

両手に子柴を抱き上げて頬ずりする。ぷにぷにの肉球がついた前足でやめろともがかれたものの、あまりの愛らしさにしばらく離せなかった。

昼食を挟んで、瑠璃と玻璃を伴って翠嵐の屋敷に出向く。

藍堂宅から歩いて十五分ほどの距離に、大きな邸宅があった。大きな門をくぐり、広い庭を通って玄関に辿り着くと、出てきた家宰(かさい)の鬼に取り次ぎを頼む。

ほどなく、紺色の着物に黒い帯を締めた翠嵐がやってきた。

今朝(けさ)も顔を合わせたが、なんだかいつもと様子が違っている。どこか覚悟を決めたような面持ちで、懇願するように言われる。

「不躾(ぶしつけ)で恐縮なのですが、折り入ってお願いがございます。維月様」

「僕に？」

「はい。実は、ずっと申し上げたかったことがあるのです」

「どうしたの？」

「どうか、何卒このまま、首領様ともども末永く、今度こそはお健(すこ)やかにお過ごしくださいませ」

「……いいけど、『今度こそ』って…？」

どういうことだと、微かに眉をひそめた。

嫁入りに際した祝辞にしろ、初めての維月にはふさわしくない言葉だ。当然の疑問を投げかけたら、翠嵐のほうも訝しげな顔になった。

「すべてをご承知の上で、輿入れなさったのではないのですか？」

「承知って、なにを？」

「維月様の以前のお話です」

「それは、どういう…？」

「もしや記憶がなくていらっしゃる？」

「？」

「まさか、そんな……ありえない…」

「翠嵐様。人の身ゆえではございませぬか？」

「……そういうことか」

家宰の口添えに、翠嵐が曖昧にうなずいた。信じがたいとでもいった表情をされても、こちらが困る。だいたい、翠嵐の話自体がさっぱり理解できない内容なのだ。

穴があく勢いで凝視してくる彼に、苦笑を堪えて頼む。

「詳しく話してもらえるかな？」

「かまいませんが…」

「お願いするよ」

「かしこまりました」

不思議そうな面持ちのまま、仔細を語られる。

翠嵐の話は、人間の世界の奈良・平安時代までさかのぼった。

はるか昔、京の都で鬼や魑魅魍魎が跋扈していた頃、小森家の前身である木森家には《鬼の番人》として『鬼守』と名乗り、鬼と対峙した先祖がいた。

この事実と武芸の腕を買われて、典薬寮に仕える官吏の家柄ながらも、鬼退治を朝廷から命じられた。

鬼守家の家長は、一族の中からひときわ腕の立つ者を選び、その家族も連れて都の外れに家をかまえ、悪さを働いていた鬼たちを見張った。

ときには犠牲を出しつつも鬼を退治しつづけていたが、ある日、不意打ちで鬼の襲撃を受ける。

急襲で一族の半数ほどを失った家長は自らも深手を負い、無念さを滲ませた。

全滅を覚悟し、邸に残した家族に、万が一のために用意している毒薬を飲むよう知らせにいかなくてはと嘆息する。

己は最後まで戦うものの、女子供へは手をかけさせないためだ。

「……これまでか」

「またつまらぬことを」

「！」

硬質な低い声とともに突然、金色（こんじき）をまとった巨軀が現れた。

姿形から戦っている鬼とは別の鬼とわかったが、新たな敵の出現におののいた家長の目の前で、思いがけず金色の鬼が己以外の鬼を倒し始めた。

「鬼が……我らを、助けてくれるのか…⁉」

予期せぬなりゆきに驚愕する反面、安堵には早いと気を引き締める。

金色の鬼は単独、ほかの鬼はまだ五十はいたからだ。

多勢に無勢と思いきや、悪事を重ねていた鬼たちを残らず、金色の鬼が圧倒的な力で片づけてしまった。

「…雑魚（ざこ）に、この体（てい）たらくとは無様（ぶざま）な」

ひとりごちた金色の鬼は強かったが、同じ鬼を多数相手しただけに無傷ではすまなかったとみえる。

仮に自らで治そうにも、力をふるいすぎて今はできないのかもしれなかった。

それを証明するかのように、少し弱っているふうに映る。

鬼と承知だったものの、窮地を救ってくれたのは明白で、逡巡の末に家長が声をかける。

「……大事ないか？　手助け、恐れ入る」

「礼を言われる筋合いなどない」

「なれど…」

「かまうな」

　自身が勝手にしたことだと、素っ気なく告げた金色の鬼が立ち去ろうとした。

　見返りも求めない清々しさに感服する一方で、少々苦しそうな様子が不憫になる。命に別状はないにせよ、見過ごせなかった。

　なによりも、邪悪な気配がいっさい感じられない。敵対してきた鬼とは比較にならぬほどの理知的な雰囲気にも後押しされた。

　人ではない身に通じるかはわからなかったが、治療を切り出す。

「我が一族は、医薬の知識を持っておる。手当てをさせてくれぬか？」

「鬼を癒やそうとは、風変わりな人間だ」

「その人間を助けたそなたも、変わり者であろう」

「確かに」

「恩を返したい」

「……律儀なことだな」

　金色の双眸を軽く瞠り、家長としばし見合ったのち、鬼は申し出を受けた。

あらためて家長が名乗ると、自らは金鬼という種族の鬼で首領の血族であり、後継者の藍堂と告げた。

所用でたまたま、この地を訪れていたらしい藍堂を屋敷の離れに迎える。

藍堂の世話を任されたのは、家長の娘の志乃だった。

自身も傷を負い、かつ大勢いた負傷者を診(み)るので家長はとても手が回らず、志乃に任せた経緯だ。

幼い頃から医薬を学んでいた志乃が毎日、藍堂に薬湯(やくとう)を運び、傷に薬を塗り、話し相手にもなった。

誰とも分け隔てなく接する気立てのよさは、種族が異なる相手でも変わらなかった。

いつも笑顔でいる志乃を、心の奥底まで見透かしそうな金色に光る双眼で藍堂が見つめて訊ねる。

「おまえは、私が恐ろしくはないのか?」

「わたくしどもをお助けくださった方を怖れはいたしませぬ」

「鬼でもか」

「はい。ただ…」

「なんだ?」

「御身(おんみ)大きく、驚きました」

「左様か」

「けれども、黄金色(こがねいろ)の髪も瞳も、その心根(こころね)も美しいと思います」

「おまえ自身と、この黒い髪と双眸のほうがもっと麗しい」

「…藍堂様」

顔を合わせていく過程で、藍堂と志乃は少しずつ親しくなっていった。互いに惹かれていき、すぐに種族の垣根を越えて恋心を抱いた。

傷は数日で癒えたが、藍堂は志乃のもとにとどまり、想いを通わせた。

父親である家長も異は唱えず、心から祝福して縁談はまとまった。きらびやかな勾玉の首飾りが婚約の証(あかし)として藍堂から志乃へ贈られた。

これを契機に、鬼守家は金鬼一族に限って《鬼の番人》ではなく、《鬼の守人(もりびと)》という意味にあらためた。

藍堂のおかげで、命じられていた鬼退治も一気に終わった。

朝廷からは報労(ほうろう)として典薬の助(すけ)の立場を賜り、婚儀がすみ次第、一族は都の中心部に戻ることになった。

二重の喜びに、鬼守家の人間は包まれていた。

婚礼を翌月に控え、仲間への報告のために金鬼の里へ藍堂が戻っているときに、それは起こる。

「志乃、よいか？」

「忠宗兄様（ただむねにいさま）」

「話があるのだが、わたしの邸に来てくれるか」

「ええ。参ります」

藍堂からの贈り物を眺めていた志乃は、幼なじみから話があると言われて、首飾りを棚にしまって忠宗の家に行った。

兄弟がわりに親しくしてきた従兄（いとこ）に、嫁ぐ前の挨拶をしなくてはと考えた。

思い出話にも花が咲くはずと胸を弾ませる志乃に、厄災（やくさい）が降りかかる。

「これまで、忠宗兄様には本当にお世話になりました」

「……鬼の嫁になるなど許さぬ」

「え？」

「ずっと、そなただけを想うてきた」

「忠宗兄様？」

「そなたも常々、わたしのことを好きと言うておったではないか」

「それは、兄のようにという意味で申しただけです」

「いや。そなたもわたしを好いておるのだ。今回の婚礼については、あの鬼に脅されたのであろう？　我らの一族を助けてやった礼に、家長の娘をよこせと」

「違います！　藍堂様は決してそのような…っ」

「しょせん、卑しき鬼だ。人間よりも下劣な生き物にすぎぬ」

「命の恩人であり、わたくしの許嫁に対して失礼にもほどがあります」

「誰にも、まして鬼になど絶対にそなたは渡さぬぞ！」

「なにをなさるのです⁉」

「そなたは、わたしのものだ‼」

「嫌です！　やめてください、忠宗兄様！　や……っ」

志乃に密かに恋していた忠宗が思いあまって、輿入れ直前に乱暴を働いたのだ。

必死に抗い、泣きながら何度も藍堂の名前を叫んだが、力では敵うはずもない。実の兄とも思っていた従兄に無理やり蹂躙されてしまった。

凶行の果てに忠宗が寝入ったのを見て、志乃は乱された着物を直し、足元をふらつかせながらも逃れた。

自らの部屋に帰り着き、棚の奥にしまっていた丸薬を取り出す。

鬼との戦いに際して備えて持っていた禁断の薬だ。それを口に入れて飲みくだし、婚約の証である首飾りを手に取った。

愛しい者のかわりとばかりに胸元に抱きしめ、力なく頽れて涙する。

「…藍堂様……申し訳ございませぬ。このような……申し訳…っ」

藍堂を恋い慕うがゆえに、別の男に穢されたことが志乃には受け入れられずに服毒した。許嫁の名前を呟きつづけて、間もなく息を引き取る。その直後、血相を変えた藍堂が姿を現して志乃の遺体を抱き起こした。

「志乃！」

異変を察知して即座にやってきたものの、一足遅かった。

しどけない髪と衣服、頬には涙、口角からは血を一筋流して息絶えている志乃に、あらかたの予想はついた。

それでも、無駄と知りつつも再び呼びかける。

「なにがあったのだ⁉」

やはり答えは返らず、固く閉ざされた白い瞼も開かなかった。

まだ温もりが残る身体を強く抱きしめ、志乃の額に己の額をつける。死後、しばらくの間であれば、あらゆる生物は思念がとどまる。

ほどなく、藍堂の脳裏にそれが流れ込んできた。

『このような手段を選んだわたくしを、どうかお許しくださいませ…』

「おまえは悪くない。気づくのが遅れた私のせいだ」

『許されるのなら、清きまま来世にて、お会いしとうございます』

「志乃……」

『永遠に愛しています。藍堂様』

「私もだ」

すべての経緯を読んだ藍堂は、痛ましさと健気さに胸を打たれた。

志乃の思念が徐々に薄くなっていき、跡形もなく消える。額を離し、華奢な肢体を抱きしめ直した。

どれほど志乃を取り戻したくても、死者をよみがえらせるのは不可能だった。

息があるうちに気がつけたならと悲嘆に暮れながら、厳かに誓約する。

「幾星霜を経ようとも、必ずや結ばれん」

誓って間もなく、贈った首飾りを探したものの、どこにも見当たらなかった。

霊力で探ると、志乃の魂と一緒に黄泉の国にあるのが視えた。藍堂とともにありたいと願う一途な想いが引き起こした事態だろう。

今回の出来事を教訓に、志乃を守る意味でも取り戻さないと決める。

彼女の魂が迷子にならぬよう鬼守家の輪廻に組み込み、転生させる措置を取った。

不死の藍堂にとっては、永久に失ってしまうことに比べれば、待つのは少しも苦にならない。

愛する者を死に追いやった男は、死んだほうがましだという目に遭わせたあげく、八つ裂きにした。

志乃の父親にも事情を話し、『我の眼の色と同じ石とともに今後、鬼守家に生まれくる者は我が花嫁だ』と伝えた。時が満ちて迎えにいくまで、それを肌身離さず持っているようにとも言い添える。

子々孫々に語り継ぐとの約束を交わし、藍堂は人界を去った。

「以上でございます。…誠に長い間、首領様は維月様を待ち焦がれておりました」

「……っ」

知りたかった詳細を聞けたとはいえ、予想外の内容に愕然となった。

自分の先祖がそんな形で鬼とかかわりがあった事実もだが、当時すでに藍堂と深い交流を持ち、婚約までしていたとは驚きだ。しかも、嫁入り寸前に悲劇に見舞われ、自分がその生まれ変わりだなんて衝撃的すぎる。

あまりのことに、思考が混乱状態に陥った。そんな維月をよそに、翠嵐に同調するように家宰が言う。

「貴方様のご誕生以来、首領様のご機嫌もようございました…でございますよね。翠嵐様？」

「確かに。すぐにでも迎えにいくと仰せなのを説き伏せるのに苦労した」

「十五歳で娶るとおっしゃられて」

「昔は、結婚しておかしくない年齢だ」

「それゆえ、その頃とは成人の年齢が違いますから、せめてあと五年。二十歳になるまでお待ちくださいと翠嵐様が説得なさって」

「いかにも。そのせいで、しばらく不機嫌におなりだったがな」

「…………」

主従のやりとりは、維月をますます惑乱させた。

これ以上、なにか耳にするのはなんだかつらい。胸の奥がきしむのを感じながら、挨拶もそこそこに切り上げる。

「あの、ごめんね。失礼させてもらうよ」

「私になにか用事があったのではありませんか？」

「また今度ね。さよなら」

「維月様？」

翠嵐が声をかけてきたが、背を向けて足早に玄関を出た。

門の外に来て、しばらく立ち尽くす。心の整理がついていない今の状況で藍堂のもとに帰っても、まともに顔を見られる気がしなかった。

感情のままに、いろんなことを言ってしまいそうでためらう。

とりあえず、彼の屋敷とは逆方向に足を向けた。瑠璃と玻璃は、維月に話しかけられる雰囲気ではないと察しているらしい。

途中からとぼとぼと歩き始めた自分の後ろを、無言でついてくる。

とにかく落ち着きたくて、普段よく訪れるお気に入りの森に入った。しばらく進んでいくと、とても美しい大きな湖に辿り着く。

婚礼の翌日に、藍堂から逃げてやってきた湖畔だ。

おもむろに、芝生へ腰を下ろして両膝を抱える格好になった。子柴の姿の瑠璃と玻璃も、維月を挟むように両脇へちょこんと座る。

ゆるやかに吹き抜ける風が、頬をやわらかく撫でた。

水面に映る三個の月をぼんやりと眺め、あらためて考える。

志乃について彼があまり答えてくれなかったのは、自分が彼女の生まれ変わりだったからに違いない。

「……だからなんだ」

思わず、そう口にしていた。ときどき、意味深な眼差しで見つめていたのもそうだ。

維月の中にいる、かつて愛した女性の面影を探していたのだろう。

もちろん、生まれ変わりなんて信じられなかった。その反面、思い当たるふしがあって悩ましい。

時折、自分のものではない感情がふと込み上げてくる現象だ。

この感覚を最初に意識したのは、大学の講義室で村野に襲われたときだった。二重写しで見えた、懸命に抵抗していた着物をまとった長い黒髪の人こそ、維月の先祖で、藍堂の婚約者だった志乃と察する。

初対面の際、藍堂が村野に激怒した理由がようやくわかった。『歴史は繰り返す』という開口一番の発言の意図もだ。

なぜ自分が花嫁に選ばれたのかとの疑問も、これで解けた。

薬づくりの件で瑪瑙と話していたときに微妙な顔つきだったのも、志乃と維月を強烈にだぶらせたせいだろう。

全部、志乃にかかわることと判明し、胸が痛んだ。

「優しかったのも、僕にじゃなかったのかな…？」

呟いた声が震えてしまって、唇を噛みしめる。

おそらく、あの日、村野に襲われて志乃と同じ目に遭ったのが引き金になった。あれで、彼女と自分のなんらかのラインがつながった。だから、藍堂を初めて見た瞬間に懐かしさを覚えたのだ。

前世の記憶を持つ人は、滅多にいないと聞く。

維月も断片的にほんの少しあるだけで、正確にはないと言えた。

ただ、鬼に対して抵抗感が薄く、慣れるのが早かったのは、前世とのつながりが影響しているのかもしれない。

志乃ならば、金鬼のみならず鬼のことに加え、人間の姿を取った藍堂も、本来の姿も、どちらも知っていておかしくはなかったせいだ。

こちらに連れてこられて以降、彼に感じつづけたデジャブのような様々な想いにも、説明がつく。

「じゃあ、僕って……？」

独白しつつ、自らの存在意義はなんなのかと思った。

志乃の身代わりにされたのだとするなら、こんなに失礼な話はない。

たとえ、彼女の転生というのが事実でも、自我はちゃんとあった。生まれてから二十年間、ずっと小森維月としての生を歩んできた。

藍堂とも、維月個人の感情で常に向き合っている。

初めて会ったときに、太陽の光を集めて紡いだような長い金髪と冷艶な相貌、圧倒的な存在感に見蕩れたのは自分だ。

一緒に過ごし始めてからも、彼の鷹揚さや頼もしさ、優しさといった内面に徐々に惹かれたのも、自分自身だと断言できる。

志乃の意識に同調してなどいない。むしろ、やり過ごしたことのほうが多かった。

もし流されていたら、とっくに花嫁になり切っているはずだ。

「ちょっと待ってよ」

ぽそりと口に出したあと、確信する。そういえば、出会ってこの方、藍堂に名前を呼ばれた記憶がなかった。

いつも『おまえ』としか言われていないと気づいて、目を据わらせる。

猛烈な不満を覚えた矢先、ハタと思い至った。彼のことが本当に好きな自分を、遅まきながら認める。

根底に恋心めいた好意があったからこそ、抱かれるのも心底嫌ではなかったのだ。

志乃ではなく、維月の意思で藍堂に愛情を持っている。この想いは揺るぎないが、問題は彼が志乃を欲する場合だった。

この先も、自分は志乃にはならない自信がある。それは藍堂の意に沿わない見込みが、かなり高かった。

愛する人をあんな形で失ったのは、とても気の毒だと思う。けれど、維月を伴侶に迎えたからには、最後まで責任は取ってもらいたい。

志乃になり切れなければ用なしだなんて、絶対に許さない。

たしか、彼女とは異なる部分も新鮮で楽しいと言っていた。

「一縷の望みにだって、僕は賭けるタイプだしね」

ふふふっと小さく笑い、そうひとりごちた。

元々、前向きな性格なので、あきらめたり、いつまでも落ち込んだりするのは性に合わなかった。

こうなったら、藍堂が好む花嫁にだってなる。どんなに痛くても、まずは彼を受け入れられる尻になってみせようではないか。

次こそは、藍堂を身も心も受け入れてみせる。なによりも、彼に名前を呼ばれたかった。

「志乃さんのことは呼ぶのに、ずるいよ」

恨みがましく、小声で唸るように言った。妙なところで対抗意識を燃やし、絶対に呼ばせると意気込む。

贈り物もねだらなくてはと張り切った。

婚約の証に志乃には首飾りをプレゼントしておいて、自分にないのは不公平だ。

「とっておきのを考えなきゃ」

決意も新たに低く呟き、ゆっくりと腰を上げた。

まずは、今夜のイチャイチャに備えて気合いを入れたい。目の前にある湖を見て、澄んだ冷たい水で顔を洗おうと思いついた。

ほとりに歩み寄っていって、おもむろに腰を屈(かが)める。

きれいな水に利き手をつけた途端、強い力で不意に手首を引っ張られた。

「え？」

身体のバランスを失いそうになり、両足を踏ん張ったが、耐え切れなくなる。

引かれるままに、頭から湖水へと身が傾いた。

「……っ」

「早まってはなりません、維月様っ」

「さっきの話に狼狽するのはわかるが、入水(じゅすい)はないだろ！」

「ちっ……!?」

瑠璃と玻璃が背後で見当違いなことを叫んだ。違うと即座に否定したかったけれど、その暇もなく湖の中に引きずり込まれる。

ぐいぐいと手を引っ張られながらも、透明度が高い水中で目を開けた。

すぐ近くに、ぎょろりとした両眼に緑色の肌、黄色い嘴(くちばし)、頭にはやはり緑の皿のようなものをかぶった、どう見ても河童(かっぱ)と思しき生き物がいた。

今さら、どんな生物が出てきても、それほど驚かない。

まだ幼いらしく、いっさい悪意は感じられず、むしろとても楽しそうだ。

わりと、この場所には足を運んでいるので、もしかすると、維月や瑠璃と玻璃を覚えていたのかもしれない。一緒に遊びたいと思っていたら、自分が水際に来たため、はしゃいだ結果、こうなったのだろう。

河童の子供と遊ぶのは、全然かまわなかった。けれど、さすがにそろそろ呼吸が苦しくなってくる。

「う、っんん…く」

息継ぎをしないと窒息しかねず、河童の子の肩のあたりを軽く叩いた。

水面を指さし、いったん上に行こうと合図したが、楽しくて興奮しているせいか通じない。なおも深く潜っていかれて焦った。

「ふ……ぅぐ」

とうとう鼻から水を吸い込み、口からも飲んだりした。

もうだめだと思い、苦しさに瞼を固く閉じる。その直後、唐突に息ができるようになり、訝りつつ双眸を開いた。

いつの間にか、水中から出ていて驚く。

呼吸を確保できて、とりあえず安堵し、肩で忙しく息をついた。

目の前に、険しい顔つきの藍堂がいた。儀式が終わったのか、途中で抜け出してきたのかはわからないが、初めて会ったときと同じ、和服と洋服が適度に融合したような独特な服装だった。

全身黒ずくめの彼にしっかりと横抱きにされて、宙に浮いている状況だ。

咄嗟に下を見ると、あったはずの湖が忽然（こつぜん）となくなっていて目を瞠る。

どういうことだと当惑しながらも、河童の子や、湖にいたはずのほかの生き物たちは大丈夫なのだろうかと心配になった。

まずは、窒息を免れた礼を藍堂に述べる寸前、地を這うような声で言われる。

「自害など許さない」

「……っ」

これまで一度も聞いたことがない厳しい口調にひやりとした。

思わず見つめた金色の右眼も氷点下の眼差しで、取りつく島もない。穏やかで優しい彼しか知らないので戸惑う維月に、なおも言い重ねられる。

「今後いっさい、散策は禁止だ」

「！」

「私の部屋から一歩も出さない。私以外の者との接触も禁じる」

「っ……」

外出厳禁に加え、監禁宣言までされて、礼の前に誤解を解くのが先だとわかった。

瑠璃と玻璃と同じく藍堂も、維月が自殺を図ったと勘違いしているのだ。だから、おそらく村野に襲われていたとき同様、感情を暴走させ、異能で湖ごと消し去ってしまったに違いない。

そうではないと言いたかったが、水を飲んだせいで咳き込み、うまく話せなかった。

即座に藍堂が癒やしてくれたらしく、すぐに楽になったのも束の間、次の瞬間には屋敷の見慣れた彼の部屋に移っていた。

濡れていた髪や着物も乾いていると気がついた直後、ものすごい力で抱きしめられる。

冗談抜きに息が止まりそうな事態に再度、見舞われて弱った。

体格的に身長差がかなりあるので、維月の両脚は宙に浮いている状態だ。

「ちょ…ぅ」

息苦しさのあまり、解放を求めて肩や背中を叩いたが聞き入れられない。

絶対に離さないという想いが込められた抱擁が、藍堂の愛情の深さに思えてうれしさもなくはなかった。

それでも、勘違いを早く訂正しなくてはと声をかける。

「ねえ。僕の話を聞いて」

「………」

厚い胸板を両手で押しやったものの、逃げるなとばかりに、いちだんと腕に力が込められた。

困り果てた末、結局、逞しい首筋にこちらから両腕を回してしがみついて囁く。

「あなたのそばに、ずっといるよ」

「………」

「約束する。どこにも行かない」

小さく肩を揺らした彼の髪を宥めるように撫でた。

たとえ誤解にせよ、また同じ形で誰かを失いそうになったら、動揺せずにはいられないはずだ。

抑え切れずに、激しく感情を爆発させてもおかしくない。

藍堂の立場に自らを置き換えてみて、その心情が初めて痛切にわかった。想像力が足りなかった少し前の自分を蹴りつけたくなる。

大切な誰かを置いて逝くほうも断腸の思いだろうが、残される側も相当につらい。

特に、彼の場合は自身の死という解放がない分、喪失の苦しみが延々とつづく。そんな想いはもう二度とさせたくない一心で、間近にある頬に頬を寄せた。

「志乃さんみたいに、僕は自殺しないから」

「……っ」

維月の言葉に、微かに息を呑む音が聞こえた。

おもむろに顔を離した藍堂の瞠られた金色の右眼と視線が合う。しばし見つめ合ったあと、探るような口ぶりで訊ねてこられる。

「……誰かに聞いたのか？」

嘘をつくのも気が引けて、一応、うなずいた。

ただ、村野や湖の件からして維月に事情を話した者を知ったら、その相手が危険そうで、誰かは言わずにおく。

深追いはされなかったので、密かに胸を撫で下ろした。

「そうか…」

「湖にも、単純に落ちただけだし」

「自ら近づいていっていたようだが」

「ちょっと顔を洗おうと思ったんだよ。それで、僕と遊びたかったらしい河童の子に手を引っ張られて落ちちゃったの」

「私の花嫁を水中に引きずり込むとは、不届きな河童だ」

「子供なんだから、大目に見てあげて。不用意に水際に近寄った僕のほうが悪いもん」

「…おまえに免じて、今回は見逃すか」

「うん。ありがとう」

余計な心配をかけて申し訳なかったと、心から詫びた。

さきほどまでの、どこか危うさを孕んだ物騒な気配はすっかり鳴りを潜めていて安堵を覚える。

「ところで、なぜ、あんなところで顔を洗う必要が？」

「えっと、いろいろ考えた結果、気合いを入れるためにね」

「気合い？」

訝しげな表情をされたが、夜に備えて云々はさすがに憚られた。

そもそも、その前に片づけておきたい事柄がいくつかある。まずは、今、話題にのぼった湖からだ。

河童の子や湖の生き物たちに、なにも罪はない。藍堂が創り上げた世界の一端を、維月のせいで損ねたくないとも訴えた。

「お願いだよ。元に戻して？」

「おまえがそこまで言うのであれば」

渋々承諾すると同時に、彼の金色の右眼が紅色に変わる。早速、異能をふるったのがわかり、礼を述べた。

次いで、覚悟を決めて、最も核心に迫った究極の質問をする。

「あのね。はっきりと答えてほしいんだけど」

「なんだ？」

「僕と志乃さんの、どっちが好き？」

「………」

凜々しい眉を片方上げた藍堂の右眼を、ごまかしは許さないという意味で、じっと見つめた。

瞳の色が紅色から金色へ徐々に戻っていく様子がわかる。

美しい変化に見蕩れそうになる自分を叱咤し、気持ちをきちんと伝える。

「もし、志乃さんって言われても、僕は僕だからどうにもできない」

「……………」

「正直に言うとね、僕の中に志乃さんの意識の欠片みたいなものはあるよ。あなたと初めて会う直前から、事あるごとに、僕のじゃない感情が込み上げてきてた。ずっと、なんなのかなって不思議に思ってて、やっとわかった感じ」

「……………」

「このことを黙ってたのは、ごめんなさい。でも、志乃さんとあなたの関係を知らなかったから…」

口を挟まずに聞いている彼の思考は元来のポーカーフェイスもあって、表情からはまったく読み取れなかった。

伴侶にした責任は取らせると勢い込んでいたが、当人の身になるとそうはいかない。

維月を抱くときに言っていた、覚えのない睦言にも今さらながらに納得する。

元々は藍堂のものとか、二度と離さない約束だとか、真の意味で藍堂を受け入れてくれとか、全部が志乃ありきの内容だ。

愛する人を待ち焦がれつづけた彼を思うと、無理強いは気が引けた。

そもそも、大事な可能性に今さらながら気づいて口にする。

「志乃さんと僕の意識を入れ替えることが霊力でできるとしたら、話は別だよね。そのときは……僕は、あきらめるしかないかな」

「……………」

「そっか。奥の手があるんだった…。なんにしても敵わないか」

「……………」

「もちろん、そんなことされるのはほんとはすごく嫌だし、僕の存在ってなんなのって悔しいけど、選ぶのはあなただから」

素直な気持ちをぶつけて、藍堂の選択にすべてを委ねる。

どれほど愛していても、叶わない想いもあるのだと痛感した。事情は違うものの、数百年前に自ら命を絶った志乃と同じ状況だ。

彼も言っていたが、歴史は繰り返すとは事実らしい。

どんな結果になろうと受け入れると、ほろ苦い笑みを湛えた維月に低音が言う。

「私にとっては」

「……うん」

「おまえは志乃であり、志乃はおまえなのだから、その問い自体が成り立たない」

「え……？」

「どのような名であろうと、私の最愛の者だ」

予想と違う返答に、しばし呆然となった。

端整な口元をほころばせた藍堂を、双眸を瞬かせて見つめる。そんな維月を例の優しい眼差しで見遣りつつ、さらにつづける。

「出会った頃にも言ったが、おまえがおまえである限り、私の花嫁だ」

「で、でも……僕は志乃さんと違って男だよ？」

「それも関係ないと告げたはずだ。私は志乃が女だから愛したわけではない。その魂に惹かれた。即（すなわ）ち、おまえの魂にな」

「……っ」

「器（うつわ）は器にすぎない。肝心なのは中身だ」

「…じゃあ、僕で……いいの？」

「おまえがいいんだ」

破顔しながらの答えに、うれしさのあまり彼の頭を抱きしめた。

胸の中にも、猛烈な喜びが込み上げてきた。志乃の意思だと思うが、これまでみたいな違和感はまったくない。

藍堂への想いを心底認めた自分と、彼女の意識が一体化したのかもしれなかった。

この感覚を知らせるより早く、彼が言い添える。

「昔も今も、おまえだけを愛している」

「うん」

「愛しすぎて、己の眼をくりぬいて宝石とし、守護として持たせるほどにな」

「えっ⁉」

「おまえが常につけているそれが、そうだ」

「そうなの？」

チョーカーのペンダントヘッドに片手で触れて、驚きの声をあげた。というか、自らの眼をえぐるなんて、聞いただけで痛そうだ。

そこまでして守ろうとする愛情も、本気度がなんだかすさまじかった。

鬼愛すごすぎると感じ入る傍ら、様々なことが腑に落ちる。

自分がどこにいても藍堂は難なく迎えにきてくれたし、なにかあれば必ず現れた。初対面の際には、次元を隔てた人界までやってきたくらいだ。

異能のせいだと考えていたけれど、これが彼の左眼なら納得がいく。自らの眼であれば感覚が常時つながっているだろうから、異変を即座に察知できる。

そういえば、志乃は襲われたときに首飾りを身につけていなかった。

服毒したあと、胸に抱いて息を引き取った。そこで、藍堂は彼女の身になにか起きたと気づいて次元を超えて駆けつけたのだろう。

間に合わなかった悔いもあり、維月には肌身離さず持たせたのだ。

確かめてみたら、そのとおりだと応じられた。

おそらく、藍堂の両親が自分を見ていたのも、霊力とは別に、彼の左眼が維月のそばに在(あ)ったから視えたに違いない。

藍堂が維月について諸々知っていたのは当然だ。

恥ずかしさはあるけれど、彼ならばいいかと思えるくらいには好きだった。

眼帯に覆われた左眼が失われていなくて安堵したが、なんだか申し訳なくなる。維月のために長年、隻眼で過ごして不自由だったはずだからだ。

ペンダントヘッドを慰撫するように撫でながら切り出す。

「長い間、ごめんね。返すよ」

「いや。今後も持っていてくれ」

「でも、片目だと見えづらいよね」

「戻すのはいつでもできるが、できれば、このままおまえのそばに」

「藍堂…」

いつも傍らにいて守らせてほしいと返されて、微笑んでうなずいた。

とても大切にされているのがわかり、胸がきゅんとする。

一方的な愛情なら単なるストーカーだが、相思相愛なので問題なかった。

ペンダントヘッドが藍堂の身体の一部と知っては、これ以上の贈り物はない。志乃に対抗して、結婚の証に自分もプレゼントをねだるのはやめた。

愛しい相手をあらためて眺めて、ふと気がつく。

溺れていた維月を助けるために駆けつけてくれたのはいいけれど、仕事は大丈夫か心配になった。

数百年ぶりの大事な儀式と聞いていたから、なおさらだ。

「ねえ、務めは平気なの？」

「ああ。ちょうど終わって屋敷に戻ったところだった」

「そっか。この服、なんだか懐かしい。初めて会ったとき、これ着てたよね」

「あのときは、婚礼の儀を終えた直後で、神殿から次元を超えた」

「それって…」

「おまえと私の婚礼だ」

結婚式とは別に、首領の婚姻を一族に報告する意味の『婚礼の儀』という儀式があるのだとか。

その儀式が終わるやいなや、着替える間もなく維月のもとに来たから儀式用の衣装のままで、今回もそうらしかった。

常に見守ってくれている藍堂に、あらためて感謝を伝える。

「いつもありがとう」

「おまえを守るのも私の務めだ」

「僕もあなたを守りたいけど、なんの力もないしね」

「おまえは、ただそばにいて笑ってくれてさえいればいい」

「……っ」

藍堂のときめきワードに胸を撃ち抜かれつつも、どうしても譲れないことがあったのを思い出した。

贈り物はともかく、この一件だけはきっちりと片をつけたい。

分厚い両肩に手を置き、金色の右眼を真剣な眼差しで覗き込んだ。

「あのね、藍堂」

「なんだ？」

「僕の名前を一回も呼ばないのは、なんでなの？」

「そうだったか？」

「そうだよ。僕のことは『おまえ』呼ばわりなのに、志乃さんはちゃんと呼んでずるい」

「志乃にも、おまえと言っていたが」

「ほら。また呼んだし！」

眼前の肩を悔しまぎれに軽く叩いたら、事実だとつけ加えられた。そんなのどうでもいいから、きちんと呼んでと繰り返す。

深い意図はなかったんだがと言う藍堂に、さらに顔を近づけて促す。

「呼んで」

「名はたいして関係ないと言っただろう」

「それでも呼ばれたいの」

「まったく、自らに嫉妬するとはな」

「藍堂、いい加減に…」

「そういうところが、いかにも維月らしい」

「……っ」

ようやく、彼の声で名前を呼ばれて双眸を細めた。

額同士をつけ、鼻先も触れ合わせた吐息が触れる距離で甘えるように囁く。

「…もう一回、言って？」

「維月」

「もう一回」

「私だけの愛しい維月」

「僕も、あなたが大好き。……愛してるよ」

維月のほうから初めて、愛の言葉を告げた。

これまでになく、藍堂への想いが止めどなく溢れてきて胸がいっぱいになる。

間近にある両頬に両手を添え、金色の右眼から通った鼻筋、端整な口元を確かめるように見つめて、形のいい唇にそっとキスした。

すぐに唇を離して微笑みながら、自然と言葉を紡ぐ。

「ずっと僕を待っててくれて、ありがとう」

「維月？」

「え⁉　あれ？　なんか、さらっと出ちゃった」

「……そうか」

「どっちの意味だろう。里に来てから今までなのか、昔に別れたときの…」

「どちらでも、かまわない」

「藍堂」

「おまえが私の愛しい花嫁には変わりないのだから」

「うん。……っんん」

今度は藍堂に吐息を奪われて、ゆっくりと瞼を閉じた。

歯列を割って入ってきた舌が口内をじっくりと探索する。爪同様に舌も伸縮自在なので、のどの奥まで舐め回される。

角度を変えるたび、口角を隙間なく合わせてむさぼられた。そのつど、牙がやわらかい粘膜に食い込む感覚にも胸を喘がせる。

「ふ、ぁん…う」

待ちかねていた維月の舌が搦め捕られ、きつく吸い上げられる。

唇の端からこぼれる唾液は、もはやどちらのものかわからなかった。呑み込もうにも、口を閉じられないので難しい。

鼻で息をしようと心がけるが、キスが激しすぎていつも息苦しくなる。

それで酸素を求めて口呼吸になり、唾液を溢れさせてしまうというループだ。

「んぅ……っは、ん…?」

不意に、藍堂が歩き始めたのがわかった。

おもむろに瞼を開くと、キスしながら奥の部屋に移動している。視線を濃密に絡ませたまま、唇が触れた状態で囁かれる。

「悪いが、今日はおまえが泣いてもやめてやれない」

「うん。いい…よ」

最後までしてと呟いたと同時に、布団に彼もろとも倒れ込んだ。そのときには、互いの衣服がなくなっていて、いきなり素肌を感じて少々驚く。

藍堂の異能は、こんなことにも使えるらしかった。

無意識に自らの首元へやった手にチョーカーが触れて安堵を覚えた矢先、大きな手で性器を包まれて低く呻く。

「ぁん、くう……っん」

「もう硬くなっているが」

「やぅ……言わな…っ」

「くちづけだけで感じたらしいな」

「だって…すごく、悦い……から……んあぁあ」

指摘されて本音を漏らしたら、性器をいちだんと強く扱かれた。陰嚢も揉みしだかれて、快楽が全身を駆け巡る。

自分ばかりが気持ちよくなるのも、どうなのだろうと思い至った。

いつも一方的に与えられることが多いので、快感で我を失う前にと彼自身に手を伸ばして触れる。

「維月?」

「僕も……あぅ、ん……あなたを、悦く…したい」

「相変わらず、健気だな」

「そう…?」

「それならば、こういうのはどうだ」

「えっ」

優しい手つきで身体の向きが変えられ、立派な体軀に乗り上げる格好になった。ただし、藍堂の股間が目の前にあり、維月の下半身は彼の眼前にある。しかも、しっかりと大腿を持たれて秘部全体が丸見えの状況だった。

さすがに恥ずかしくなり、慌てて首をひねって振り返る。

「これは、ちょっと…」

「互いのものを弄りやすいだろう」

「それはそうなんだけど」

「どちらかが極めるまで励むとしよう」

「あなたが有利すぎるよ」

「では、私はおまえの陰茎には触れまい」

「まあ……うん。いっか」

ハンデをもらい、目前の屹立に顔を近づけた。何度見ても驚きを禁じ得ないサイズで、こんなものを本当に受け入れられるのか疑問だ。

臨戦態勢時には、さらに嵩（かさ）を増すと思うと怖じ気づきそうになる自らを鼓舞した。

愛しい藍堂を悦くするためなら、不安も乗り越えてみせる。

両手を添えて揉み込みながら、先端あたりは舐めた。

「つふ…んん、む……ん、ん」

「うまいな」

「んっ……気持ちいい？」

「この上なく」

「よかっ……っは、あぁん⁉」

堪能中といった感じの彼に、気をよくした。事実、巨塊は心なしか反応をみせて硬くなっていたので目を細めた直後、後孔に舌らしきものが挿ってきた。

同時に指も押し入ってきて、流し込まれた唾液をまとって隘路を奥に進んでいく。

弱いところを遠慮なく擦られて、たまらずに腰を揺らした。

「ゃあ……んぁう……っああ……あ」

内部への愛撫で、触られていない維月の性器が勃ち上がる。

射精のことは考えないようにすればするほど、藍堂の指戯と舌戯に意識が向いた。感覚が研ぎ澄まされ、ほんの些細な刺激でも感じてしまう。

彼自身を舐めたり、扱いたりという行為さえ、舌と手が陶酔感に浸った。

なにもできなくなり、楔に頬ずりしつつ快感に喘ぐ。その傍ら、藍堂に性器を押しつけて解放をもくろんだ。

「あっ、く……んふっ…ぅんん」

「もう私に触れてはくれないのか？」

「あ…っは、ん……ああ、あっ……あああっ」

「維月？」

「んぅあ……っあ、んっ…んっん」

指での悪戯は継続しながら訊かれて、潔く白旗を揚げた。

笑みまじりの声でわかったと告げられたあと、体勢をもとに戻される。中途半端な状態で布団に仰向けに寝かされ、下肢をよじって言う。

「なんで、こんな…？」

「おまえの顔が見たくなった」

「でも……お互い、まだなのに」

「そう焦らなくても、時間はたっぷりある」

淡く微笑んだ藍堂がキスしてきて、下半身が震えた。

唇が頬、首筋、鎖骨へと這っていき、乳嘴に口をつけられていちだんと感じ入る。

片方は指で摘まんだり、押しつぶしたり、引っかいたりされた。もう一方は舌先で転がされ、甘噛みと吸引も繰り返される。

「はぁあ…んう……くあっ、ぁん」

「ここも、かなり淫らになって愛らしいな」

「も、やめっ……くぅ、ん……ああっ」

彼の手で、彼好みにつくり上げられた肉体だけに、持ち主の意思は反映されない。創造主のなすがまま、ただ翻弄されつづけた。

両方ともが赤く尖って腫れぼったくなる頃、射精感もさらに募る。

「あっあ、んゃ……ああっ……も、だめ」

「そうだな。今度は飲むから出すといい」

「そん、な…ぁあ……んぅぅう」

「焦らした分の埋め合わせだ」

「やぅ……んあ、あ、あ……あぁぁあっ」

またも身体の位置をずらした藍堂が、維月の股間に躊躇なく顔を埋めた。

反射的に、長い金髪を摑んで引き剝がそうとしたが、悦予で弱々しい抵抗にしかならなかった。

「ぁんん……っあ、ん…あぅあ……あああ！」

すでにかなり追い上げられていたので、果てるのはすぐだった。

絶頂感と解放感に立てつづけに浸り、肩で忙しく息をつく。

のどが鳴る音が聞こえたあと、彼が顔を上げた。飲まれるのは初めてではないけれど、何回経験してもこの瞬間は恥ずかしい。

藍堂のことを心から好きだと意識した分、余計にだ。

しどけない状態の下肢を隠そうと思い、そろりと俯せになる。

おもむろに腰を持ち上げられ、両脚を開かされて双丘を摑まれた。

「え？　……やっ」

「慣らすだけだ。いつもやっているだろう」

「そ、だけど…」

「私を受け入れるためには、念入りにしないとな」

「ふぁあ……んぅん」

「あまり身構えなくていい」

「わかっ…ぁ……っんうう」

猫が伸びをするようなポーズで、後孔に再び口をつけられた。

脚の間に藍堂がいて身体をがっちりと固定されているため、逃げたくても身動きすらままならない。

両肘を立てて前に進んで逃れようとしたが、狭隘な道を挿ってきた指で、すっかり性感帯に変えられてしまった内壁をまたも弄られて挫けた。

すかさず、舌も加わり、体内に唾液を流し込みながら舐め回される。

さきほどまでの愛撫もあって、ひどく鋭敏になっている淫筒が蠕動（ぜんどう）する。

布団に上体を崩し、与えられる快楽に腰を淫らに振った。

「あっん、あ…うぅん……あっ、あっ」

「色めいた仕種も、実に美しいな」

「んゃ……ああ、んっふ……んんぁあ」

「おまえの中も応えてくれている」

「あっふ、んあ……んっ、んっ…ぁ」

秘処から顔を離して指の数を増やした彼が甘く囁きかけた。臀部から脇腹、背筋に沿って唇を這わされ、吸痕を刻まれていく。

うなじや耳朶は甘嚙み、耳孔にも舌が入ってくる。

この間も、内襞は抜かりなく愛撫されていた。やがて四本の指を受け入れ、弱点を中心にじっくりと時間をかけて弄られて取り乱す。

「あ、っあ…んふぁ……あっあ、あ」

「いつも以上に絡みついてくる」

「んっは……あぅん、ああっ……あぁ…ん」

「これまでにない手応えだ」

どこかうれしそうな声音での言葉も、上の空だった。

あまりにも体感が強烈すぎて、内部への刺激だけで二度も極めてしまうほどだ。

日々の行為でもそれなりの快楽を得てきたが、今日はそれ以上になぜだか身体が敏感に反応する。

藍堂を求める気持ちが次々とわき上がってきて、どうにもできなかった。

面前の布団を握りしめ、顔だけ振り向いて彼を見つめる。

「ぁん…あっあ……藍、堂…っ」

「どうした。感じすぎてつらいか？」

「ち、がっ……んあぅう」

「維月？」

「っは…んっあ……も、挿れ…て」

「………」

「んんっ……あなた、が……すごく、欲し…ぁん」

唐突に指が全部、引き抜かれて小さく呻いた直後、視界が反転した。

仰向けになった維月の両脚が、膝裏を持たれて大きく開かされる。まだ閉じ切れずにいる後孔に、先走りでぬめった巨塊の切っ先が押しつけられた。

「うぁ、く……んふ…うぅう」

「そう息むな。ゆっくりと息を吐け」

「っうう……は、ああっ……んっく…う」

「私を受け入れてくれ」

「藍、ど…」

「愛している、維月」

「あ……」

「私も、おまえがとても欲しいんだ」

「……っ」

同意見だと何度もうなずき、意識して余分な力を抜いていく。自分が力んでいたら、藍堂をいたずらに締めつけて苦痛を与えてしまう。

彼にも悦くなってもらわなければ、抱き合う意味がなかった。

身体を引き裂かれそうな恐怖感を愛情でねじ伏せる。

「んく……う、んんっ……あ、っは…ああっ」

「そう。その調子だ」

「あ、あ、あぁあ…んぁああ」

藍堂の肩に足をかけた体勢で、めり込んでくる巨塊をまざまざと体感する。

最も太い先端部分を呑み込むのに苦労したが、深呼吸を繰り返してどうにか迎え入れた。

巨茎の侵入で襞が伸び切って皺がなくなる勢いだ。

後孔の入口もめいっぱい張りつめていて、いつ裂けてもおかしくなかった。

すさまじい圧迫感と異物感に、内臓が破裂しそうな感覚に陥る。

痛みがまったくないわけではなかったが、心配された激痛はない。

心理的な問題と以前、藍堂が言っていたけれど、そのとおりで驚いた。心から彼を愛おしく思う今、精神に肉体が応えている。

本当の意味で藍堂を受け入れるというのも、こういうことだったのだろう。

絶対に無理だと思っていたのに、たどたどしくはあるものの歓迎していた。

あれだけ強硬に拒みつづけた内襞が柔軟に撓み、巨楔を包み込もうと必死だ。彼を愛しく思えば思うほど、身体の力が抜けていく。

「ん…あっ……あぁんん……ああ…っ」

「もう少しで、すべて挿る」

「くふっ……はんぅう」

じりじりと奥に進む藍堂が、維月の顔にキスの雨を降らせた。ほどなくすべてをおさめられ、唇を優しく啄まれる。

屹立から伝わる脈動に浅い息を吐いた維月に、彼が言う。

「挿った。わかるか?」

「…うん……僕、の中に……あなた、が……いる」

「そうだ。これから動くが、できる限りゆっくりに努める」

「ん……い、か…らっ」

「ん？」

「あなた、の……好き…に……動いて、いい……から」

「維月」

吐息が触れる位置にある金色の右眼を見つめて微笑んだ。

最初のとき以外ずっと、維月の意思を優先して自らの欲望を抑え込んできた藍堂には、もう我慢などさせたくなかった。

そのことも素直に告げて、思うままに振る舞ってとつけ足す。

「痛くても……平気、だか…ら」

「……悔やんでも知らないからな」

「後悔…なん、か……しない……よ」

「そうか。ならば、遠慮せず抱くとしよう」

「手加減、も……なし…ね」

「今後いっさい、嫌は聞き入れない」

「そんな…こと……言わ、なっ……んああぅ」

おもむろに中を巨杭でかき回されて声をあげた。

淫筒が微かに引きつる感触を覚えたが、懸念された激痛はやはりない。それに安堵したのも束の間、柔襞が引きずり出されそうな抽挿（ちゅうそう）が始まった。

脆い点を擦り立てられて、そこからたちまち快感の坩堝に放り込まれる。

維月の性器も、雫を滴らせて芯を持っていた。

「あ、んあん……ここ、も……触っ…て？」

「己でするといい」

「な……」

「おまえが自身を慰めるところを見てみたい」

「……っ」

「さあ」

「ぃあぁ…ん」

催促するように粘膜内を突き上げられ、かぶりを振った。

覆いかぶさっていた上体を起こした藍堂と目が合い、縋るような眼差しを送ったけれど、微笑で流される。

ためらったものの、下腹部に凝縮される熱から解放されたくて、おずおずと自分の股間に手を伸ばした。

彼に見られながら、しかも貫かれての自慰に恥じらう傍ら、妙な高揚感もあった。

行為の最中にこんなにも興奮するのは初めてで、ひどく戸惑う。

藍堂の愛撫を真似て性器に触れつつ、現状を包み隠さず訴えた。どこかうれしそうな表

情を湛えられて、首をかしげる。

「僕……変、だよ…ね？」

「いいや。私に抱かれて昂ぶるのはかまわない。おかしくもないし、むしろ好ましい」

「そ、なの…？」

「それだけ私を想っている証だ」

「うん。…すごく、好き……んあぁあ」

肯定した途端、ゆるやかだった抜き差しが突然、激しくなって悲鳴を漏らす。

ただでさえ巨大な楔が、さらにひと回り嵩高になった気がしてうろたえた。そこのサイズに限っては、異能で大きくしないでもらいたい。

「あっ、あ……ゃん、も……おっきく…しな……でっ」

「誰のせいだという話だな」

「僕……なの？　霊力じゃ、なく…て？」

「ふるっていない」

「ほ、んと…？」

「おまえの色香に煽られただけだ」

「……っ」

「それはともかく、手が止まっているが？」

「どっちも、じゃ……集中でき…な……ぁう」

「ならば、こうするか」

「ひあっ……あぁああん」

股間の手を退けた藍堂が再び上体を倒してきて、腰をしたたかに打ちつけてきた。

彼の腹筋との間で、維月の性器は揉みくちゃにされている。目の前の逞しい首筋に両腕を回し、刺激的すぎる快楽を享受する。

「っあ…あっ、あ……んあん……ああっ……ん」

「痛くはないな？」

「な、いよ……気持ちい……っは、あああっ」

巨塊でみっしりと筒内を占領されて自儘に動かれているにもかかわらず、痛みは不思議となかった。

異物感は拭えないけれど、これが藍堂なのだと思うとそれも薄まる。

なによりも、どうしようもない圧倒的な法悦に全身を支配されていた。身悶えせずにはいられない箇所をつつかれるたび、あられもない声が飛び出す。

腹筋の摩擦で二回も達したはずの性器が、また勃ち上がって震えているのが、いたたまれなかった。

「んあ…ぁんん……あっあ、も……だめ…ぅ」

「私も、だいぶん締めつけられたせいで危うい」

「あ？　うあぁあ…ああっ」

ひときわ奥を抉られて、その反動で精を放った。連動して収斂させた襞内を熱い奔流で満たされる。

夥しい飛沫に打たれ、なんとも言いがたい感覚に下腹部を波打たせた。

一滴も漏らさず注ぎ込むとばかりに、ゆったりと腰を送ってくる彼と視線が合う。

これで真実、心身ともに藍堂とひとつになれたと思うと感慨深くて、目の前の唇にキスして囁く。

「もう二度と離れたくないから、絶対に僕を離さないでね」

「以前も約したことだが、あらためて誓おう」

「うれしい。やっと、あなたをちゃんと受け入れられたし」

「まだ終わったわけではない」

「え？　……んふっ……あ、っくう」

おもむろに視界が変わったあと、互いの位置が入れ替わっていた。

引き締まった胴を跨ぐ格好で、彼に馬乗りになっている。さきほど乗り上げていた体勢とは微妙に違った。

いわゆる騎乗位で屹立を含んだままなので、自分の体重でいちだんと深く迎え入れて動揺する。

少しでも腰を浮かせようにも、藍堂の脇腹にかろうじて膝頭が届く感じで、布団に膝をつくことが叶わない。

おまけに、早くも巨楔が硬度を取り戻していておののいた。

「藍、堂…⁉」

「悦いところに、己で私を当てるといい」

「そんなっ」

「おまえのやり方でかまわない」

「無理……だ、よ」

「やってみなければ、わからないだろう。ほら」

「っは、ああっん…ぁん」

ゆるりと腰を回されて、あえかな声がこぼれた。

長い腕が片方伸びてきて、維月の乳嘴に悪戯する。思わず胸を反らした勢いで後ろに倒れかけた上体を、立てた彼の膝で支えられた。

なんとか逃れたくても、穿たれた杭が深すぎる。

今の刺激で、自分も再度欲望を煽られているのも悩ましかった。

藍堂の腹筋に両手をつき、腰を揺らめかせる。恥部のほとんどが全開で恥ずかしかったけれど、勇気を振り絞った。

「っん……ふあ、う……あっあ」

「上手だな」

「く、っう…あ、あ…んう」

最初は怖々だったのが、だんだんと大胆になっていく。

前後左右に振るだけでは飽き足らず、途中まで巨楔を抜いてはまた挿れるという動きを繰り返した。

さきほど注がれた精液が流れ出す感触にも身を震わせる。

耳をつく水音が羞恥心を煽ったが、ことさら弱い部分に彼を擦りつけて生じる快楽に蕩けた。

「あぁ、あぁ……あっ、悦い……すごっ…んんぁん」

「胸もさらに赤く熟れて尖り切っている」

「やっ…だめ……乳、首……弄らな、で…っ」

「ならば、こちらか」

「うあっ……あっあっ…あっ」

弱々しく勃っていた維月の性器を扱かれて眩暈がした。触れられてすぐに達したが、量も少ない。

広い胸元に倒れ込んだ直後、双丘を鷲摑みにされて割り開かれた。

思いがけない角度での力強い突き上げに遭い、身も世もなく悶える。

「ひあぁ、あ……んあっ…ああ……っあ」

「私を心地よくしてくれた礼を、たっぷりしなくてはな」

「ふっ…あ、ん……んんぅ……あぁああ」

「身体の相性も実によさそうで、なによりだ」

脳と肉体に快感が刻み込まれたせいか、熱塊の抽挿はスムーズだった。快楽のみを与えられて、理性を保つのがかえって難しくなる。

激しく揺さぶられながら、眼前にある藍堂の乳嘴に軽く嚙みついた。

維月と同じように赤く熟して尖るかとの期待に反し、なんの変化もない。やせ我慢かと上目遣いに見遣ると、涼しい顔の彼がいた。

片眉を上げたのち、さらに抜き差しが激しくなって狼狽する。

慌ててそこから口を離し、涙眼で問いただす。

「やぅ……んっんっ……な、んで…っ」

「可愛いことをするからだ」

「乳、首……感じな…いの？　……ぁん」

「悦くないこともないが、むしろ扇情の材料にしかならない」

「そ……っはぁあ……んああっ」

脆弱な箇所をこれでもかと攻め立てられ、藍堂の肩に摑まった。

知らず、爪を食い込ませていたが、咎(とが)められない。やがて再び筒内を濡らされて、か細い悲鳴を漏らした。

入り切れない淫液が溢れていくかわりのように、上体を起こして顔を寄せてきた彼のキスで唾液を飲まされる。

キスしながら、胡座をかいた膝の上に座らされ、インターバルもなく挑まれた。

短時間で復活を遂げる驚異的な精力に愕然となったものの、長い金髪を引っ張り、どうにか唇をほどいて頼む。

「ちょっと、待って」

「なんだ」

「少しでいいから、休ませてよ」

「別に、おまえはなにもしなくていい」

「そんな問題じゃなくて」

「どんな問題だ?」

「僕の体力が持たないの」

「ならば、回復させてやる」

「そういう霊力の使い方は反対だし」

「癒やされるのが嫌なのはわかったが、私はまだおまえが欲しい」

「藍堂…」

ようやく手に入れた最愛の相手と、心ゆくまで抱き合いたい。

熱のこもった眼差しでそう囁かれては、無下にもできなかった。その想いは維月も、藍堂と変わらない。

眼帯に唇を押し当て、微笑みを浮かべて言う。

「たぶん何回も失神すると思うけど、僕が気づくまで愛してて?」

「やはり、癒やしを……」

「だめだよ。きちんと自分で感じたいもん」

「苦痛でもか?」

「うん。あなたがくれるものは全部受け入れる」

「……維月」

「だから、僕に無断で回復させたら怒っ……っあう!」

過敏な粘膜内をかき混ぜられて、胸を反らした。鎖骨に齧(かじ)りつかれ、首筋も噛みつく勢いで吸い上げられる。

猛烈な突き上げから無意識に逃れるべく、彼の腰に両脚を絡みつけた。

「積極的だな」

「っふ、んあぁ……え？」

「もっと突いてというおねだりは大歓迎だ」

「ち、がっ…待っ……あぁっあ」

まさかの催促と受け取られ、恥丘を摑まれて巨杭を最奥までねじ込まれた。

振り落とされそうな律動で、めくるめく愉悦になおも溺れさせられる。このままつづけられたら、自分がどうなってしまうかわからなかった。

怖いと訴えたが、大丈夫と返されて、さらなる快楽に導かれた。

意識よりも先に理性を失い、藍堂の求めに応じて嬌態を晒しつづける。どんな姿を演じても、愛おしそうに見つめてくる眼差しは変わらず胸を撫で下ろした。

「維月。最愛の我が花嫁」

「藍、堂……んあぅああ…っ」

ようやく中を精で濡らされたときには、意識が朦朧としていた。

結局、何回彼を受け入れたのか、覚えていない。途中からは気絶と覚醒を繰り返し、いつ眠りについたのか不明だったけれど終始、幸福感に包まれていた。

「ん～……」

「起きたか」

硬質ながら穏やかな声に瞼を開くと、すぐそばに藍堂がいた。

パジャマがわりの白い着物を着て、同じ服装の維月を腕に抱いて布団に座っている。室内は明るく、訊ねたところ正午を過ぎていた。

あれだけ抱かれたのに、疲労感や倦怠感、嬌声をあげすぎたのどの痛みもまったくない。行為後に癒やしてくれたのだろう運命の相手と視線が絡んだ。

手を伸ばして頬に触れ、彼の唇を啄んでから微笑んで告げる。

「あなたの花嫁に、ちゃんとなれたかな」

「無論だ」

「そっか。なんだか、すごく幸せな気持ち」

「私もだ。愛している、維月」

「僕もだよ」

永遠にと言い添えた藍堂にうなずき、誓いのキスのような甘いくちづけを受けた。

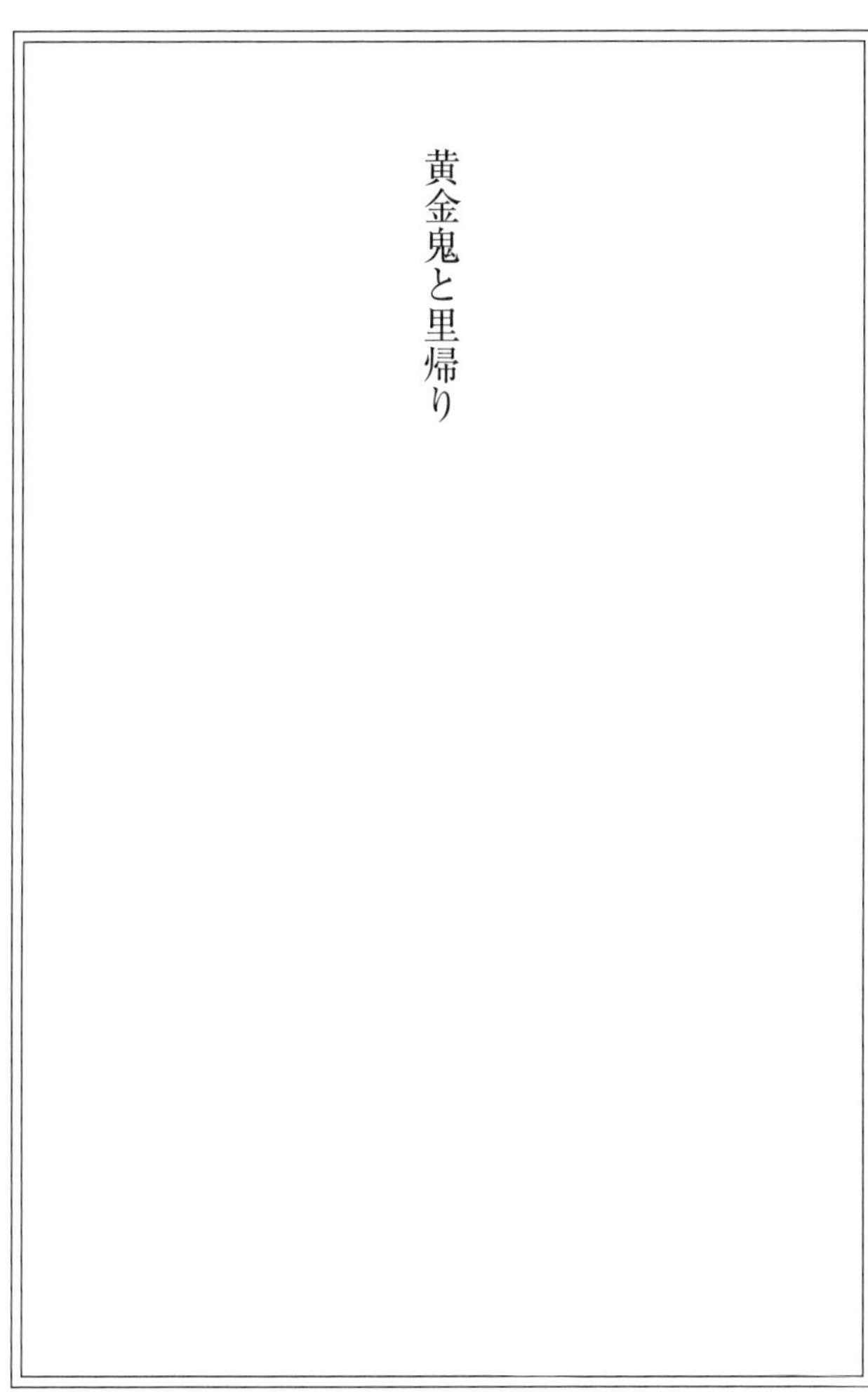

黄金鬼と里帰り

「今から僕の家に行くの⁉」

朝食のとき、突然告げられた実家への帰省に唖然（あぜん）となった。

驚きのあまり、箸で摘（つ）まんでいた漬物を白米の上に落としたことにも気づかない。

こちらに来てから、そろそろ半年になる。なんとなく、帰るのはもっと先だと思っていたので意外だった。

そんな小森維月（こもりいつき）を涼しげな眼差（まなざ）しで眺めて、藍堂（らんどう）がうなずく。

「里帰りだ。約束していただろう」

「そうだけど」

「おまえも帰りたがっていたな」

「まあね。でもなんか、いきなりすぎて、びっくりしちゃって」

「あまり喜んでいないように見えるが？」

鋭い指摘にギクリとしたものの、まさかとかぶりを振った。

家族からの手紙とビデオレターが軽く尾を引いているせいだが、せっかくの好意を無駄にはできない。

凜々しい眉を微かにひそめた彼に、笑顔で答える。

「ううん。うれしいよ」

「そうか。一応、三日間の予定で赴く」

「務めはいいの？」

首領としての仕事は大丈夫なのか訊いたら、心配無用と返された。

三日間程度であれば、側近の翠嵐に留守をあずけられるらしい。しかも、維月の家族には事前に使いを出し、今日帰ることを伝えているとか。

衣類などの必要な物も、すでに持っていっているそうだ。

ちなみに、人間界では和装は目立つので、洋服を調達したという。

「準備万端だね」

「突然訪れて困らせるのも忍びないからな」

「まあ、医者ばっかりだから忙しいのは確かだね。夜勤とか学会もあるし、全員がそろうにはシフトを前もって調整しないと」

「何事にも備えがいる」

「うん。いろいろと気を遣ってくれて、ありがとう」

「礼には及ばない」

「里以外に二人で出かけるのは初め……って、なんだか、少し遅めの新婚旅行(ハネムーン)みたい」

「楽しそうだな」

「うん。めちゃくちゃ楽しみ！」

「おまえも、おまえの家族も積もる話があるだろう」

端整な口元をほころばせた藍堂は食事のあと、人間の姿に変身した。

すっかり見慣れた金鬼(きんき)の容貌とは、少し違う。二メートル半ばの身長は一九〇センチに、浅黒い肌は白く、角も牙もなくなり、体格もひと回り以上は縮んでいた。

髪と眼の色は金色、眼帯姿は変わらないが、見た目年齢が二十代後半のクールで長身の超絶美青年だ。

服装は黒のシャツにダークグレーのパンツ、眼帯はシャツと共布(ともぬの)だった。

維月のほうは、白のポロシャツとサンドカラーのチノパンといういでたちだ。

ひさしぶりの洋服に戸惑いつつも、初めて会ったときの藍堂を思い出して、自然と頬がゆるむ。

「懐かしい。どっちのあなたも、かっこいいけど」

「おまえは愛らしくも美しい」

「あなたの洋服姿はレアだよね。すごく似合ってる」

「私の花嫁はなにを着ていても麗しい。なにも着ていなくとも」

「……藍堂ってば」

髪を撫でながら真顔で言われて、猛烈に照れた。

心が通い合って以来、これまで以上に優しく、彼は維月を甘やかす。片時も離さないというように、過ごす時間も増えた。

寝ても覚めても互いがそばにいたくて、可能な限り寄り添っている。

以前よりも一緒にいることができて、とてもうれしかった。

「あのね」

「なんだ？」

「うちにいる間はその……エッチはなしね」

「仕方ないだろうな」

「ごめんね。戻ってきたら、たくさんして？」

「そうしよう」

微笑まじりの答えと同時にそっと抱き寄せられて、額にキスされた。

この流れだと唇にもと思って静かに瞼を閉じてほどなく、着いたと告げられて慌てて双眸を開いた。

「えっ」

「おそらく、おまえの家の居間だ」

「い、いつの間に？」

「たった今だな」

「次元を超えたんだよね⁉　一瞬だったよ？」

「ああ」

「いや。あの……もっとこう、身体に負担がかかる感じじゃないの？」

「おまえをそんな目に遭わせるわけがない」

「はあ…」

嘘(うそ)だろうというくらいあっさりと、異次元にある人間界に到着したと聞かされて拍子抜けした。

大変なことだとさんざん聞かされていたから覚悟していたが、さくっとすんでしまった。

藍堂の腕を抜け出して周囲を見回すと、確かに見覚えのある自宅のリビングだ。

ビデオレターが撮られた革張りの大きな黒いソファ、十人は座れるダイニングテーブルもあった。

チェストの上の置き時計は十九時を指している。里を出たのは午前中だったので、数時間の時差が次元を超えた証拠に思えた。

閉まったカーテンの柄を見るのも、ずいぶん久々だ。

本当に帰ってきたんだと実感がわき始めた瞬間、ドアが開く音につづいて、にぎやかな歓声があがった。

「お知らせしてくださったとおり、ここに着いたのね。時間もぴったり！」

「母さん」

「ひさしぶりねえ、いっちゃん。お帰りなさい」

「…ただいま。えっと、みんな元気？」

姿を見せた母親が満面の笑みを湛（たた）えて足早に近づいてきた。

最後に見たときと少しも変わらない様子に安心する一方、やつれ感ゼロな見た目が維月のことを欠片（かけら）も心配していなかったのだと物語っていた。

家に伝わる伝承と藍堂に信頼を置いていると承知でも、複雑な心境になる。けれど、手が届く距離で足を止めた母の目が潤んでいて、ハッとした。

見間違いかと思ったが、うっすらと瞳が濡（ぬ）れているのを見て取り、息を呑（の）む。

維月と再会できて、実は密（ひそ）かに感動中なのかもしれなかった。

「ええ。あなたも元気そうでよかったわ。よく顔を見せてちょうだい」

「うん」

「髪がずいぶん伸びたのね。もうすぐ肩につきそう」

「変、かな？」

「いいえ。どんな髪型でも、いっちゃんは愛くるしいもの」

「親の贔屓目（ひいきめ）だね」

「肌つやもいいし、大事にしていただいてるのね」

「みんな、よくしてくれるよ」

「あちらのご家族とも、親しいおつきあいを？」

「定期的に会ってて、可愛（かわい）がってもらってる」

「そう。ママ、やっと胸のつかえが下りた気分だわ」

やはり寂しかったのだと確信し、危うくもらい泣きしかけた。瞬（まばた）きを増やし、落涙を意地で堪（こら）えて母親を見遣る。

目の前の彼女をハグしようと両手を途中まで上げた際、問われる。

「で、こちらにいらっしゃるのが旦那様？」

「そう。僕の大切な……」

「まあまあまあ！　想像どおり、なんって素敵な方なのかしら‼」

「……は？」

「長身の金髪金眼もスマートなのに、まさかの眼帯がとても渋くてセクシー」

「セク……」

「超イケメンの花婿って、無敵に最強で最高ね！」

「……っ」

維月そっちのけで、藍堂の手を力強く握った母に呆気に取られた。

ハグのために上げていた両手が激しく虚しい。地味に下ろしながら、もらい泣きしかけためでたい自分が哀れになった。

キラッキラした目で彼を見つめている母親に、深い溜め息をつく。

初対面の花婿の素晴らしさに、彼女は双眸を潤ませて感動していたにすぎなかった。

「初めまして、維月の母でございます。息子が大変お世話になっております」

「挨拶が遅れてすまない。私は藍堂という」

「とんでもない。今日は本当によく来てくださいました。どうか遠慮なさらずに、くつろいでお過ごしになってくださいませね」

「ああ」

言葉数が少ない藍堂と比べて、母は何倍もひとりで話しまくっていた。その間、彼の手を握りっぱなしだ。

維月の家族では振り払うのが難しいと思うが、おもしろくなかった。

自分以外の誰かが、好きな相手に気安く触れるのは嫌なものだと知る。

金鬼の里で藍堂が、一族はともかく、自身の両親ですら維月との接触を好まない理由を痛感した。

こんな気持ちなんだと思いつつ、母親を軽く睨んで口を挟む。

「母さん、いい加減に手を離してよ」

「いっちゃん？」

「藍堂にあんまり触らないでって言ってるの」

「ご挨拶してるだけなのに、ヤキモチ焼いちゃって」

「いいから、離れて」

藍堂の腕を取り、母の手が届かない距離まで移った。

油断すると再び触れてきそうなので、彼に抱きついて牽制した。低い笑い声が聞こえて金色の右眼を見上げたら、音を立てて唇を啄まれる。

母親の前とあり、さすがに恥じらって俯いた頭頂部にも、唇の感触を覚えた。

「……恥ずかしいよ」

「先にしかけてきたのは、おまえだ」

「キスは頼んでないし」

「あいにく、視線でねだっていた」

「嘘だもん」

「真実だ」

「そりゃあ、ちょっとはしてほしいなって思ったかもしれないけど」

「その願いを叶えたにすぎない」

「でも、せめて一言断って…」

「ほ～んと、微笑ましいやりとりね♡」

「！」

二人の世界に絶賛没頭中なところに、笑みを含んだ母親の声が割って入った。目を向けると、父親と兄たちもいて瞠目する。近所に住む祖父母もそろっていた。

イチャつき現場を家族全員に目撃されて、さらに頬が熱くなる。そんな維月とは裏腹に、維月を抱きしめたまま、落ち着き払った藍堂が言う。

「邪魔している」

「いらっしゃいませ。ようこそ、お越しくださいました」

「孫がご面倒をかけております」

「お目にかかれて光栄です」

「世界一、幸せな花嫁を地でいってるな。維月」

「新婚か。羨ましいな」

祖父、祖母、父、長男、次男の順番の発言だ。

皆が藍堂に対して敬意は表しながら、極めて好意的な態度を取っている。初対面とは思えないくらい和やかな雰囲気だった。

その後、食卓に移動し、あらかじめシェフを呼んでつくってもらっていたという豪華な料理を皆で囲んだ。

里では和食オンリーなので、中華をはじめ、ビーフシチューやエビフライといった久々の洋食にも舌鼓を打つ。

自分はともかく、彼は平気だろうかと隣の席に声をかけると、美味いと応じられた。

ワインやシャンパンも口に合ったようで安心する。

「いっちゃん」

「なに？」

おもむろに話しかけてきた、向かいの席に座る母親に視線をやった。

ワイングラスを片手に、彼女が微笑んでつづける。

「ママたちに気兼ねなく、旦那様に『はい、あ〜ん♡』していいのよ？」

「……しないから」

眩暈を覚えて嘆息すると、冗談だと言われてさらにげんなりした。

藍堂は先祖のことを祖父と長兄に訊かれて、彼らと会話中だ。変な問いかけをしないか気が気ではなかった。

維月のほうも、母とは別に父親と次兄から質問攻めにされて参った。

おまけに、食後にはビデオレターで言っていた二回目の結婚式を強行する始末だ。

「いっちゃんも旦那様も、モデルみたいね」

「バージンロードじゃないが、維月と腕を組んでリビングまでの廊下を歩いておこうよ」

「マジで二人とも決まってるな」

「サイズもジャストだし」

「記念写真を撮らねばならんな。カメラはどこにしまったかな？」

「おじいさん、今の時代はスマホで撮れるんですよ」

維月は純白、藍堂はグレーのタキシードを着せられていた。

腰まであるマリアヴェールをかぶらされた維月の頰が引きつる。

「…なんなの、このひらひらレース⁉」

「なにって、花嫁さん演出よ」

「そ……」

「清楚(せいそ)ないっちゃんにピッタリだわ。ねえ、あなた」

「そうだね。本当にきれいだよ、維月」

「………」

母親に激しく同意した父親は、早くも涙ぐんでいた。涙もろいのは知っていたが、仕事中の極めて冷静な脳神経外科医魂はどこにいったのだと嘆かわしい。国内外で権威として名を馳(は)せているのを疑いたくなる姿だった。

自分はともかく、藍堂のタキシードをよくつくれたなと思ったら、事前に訪れた使いに必要事項を訊ねていたらしい。

維月と藍堂を前に、家族は完全に浮かれ切っていた。

お祭り騒ぎと言っても過言ではない有様に、彼に申し訳なくなる。

「……ごめんね、藍堂」

「なにがだ？」

「こんなことにまで、つきあわせちゃって」

「気に病むな。私の親も、たいして変わらないだろう」

「そうかも」

「お互いさまだ」

「うん。でも、嫌じゃない？」

神棚の前にタキシード姿で立つという妙な状況で、隣を見上げた。

母親が騒ぐのも無理はないくらい、タキシードをビシッと着こなしている彼に見蕩れそうになる自らを叱咤する。

愛おしげな眼差しを注いでくる藍堂が金色の右眼を細めた。

「洋服での正装姿のおまえを見られたのは悪くない」

「藍堂」

「このヴェールも似合っている」

「あなたに喜んでもらえてるなら、かぶり甲斐もあるかな」

「私の花嫁は、やはりなにを着ても美しい」

「あなたも、とても素敵だよ」

見つめ合い、微笑み合った。自然とキスしかけたところに、白と緑を基調にした生花でつくられたブーケが差し出された。

持ち手の上の部分を金色のリボンで結んだゴージャスなものだ。

それを維月に手渡した長兄が、ブーケと同じ構成の花でつくっているブートニアを藍堂の左胸につけて笑う。

「花婿にはブートニア、花嫁にはブーケ。これで完成だな」

「あ、そう…」

「指輪はさすがにサイズがわからなかったんでない」

「あったら、怖いよ」

「だよな。よし。写真と動画を撮るか」

撮影については、藍堂と維月が人間界を去れば消えるため、気にしなくていいと言われていた。

悪ノリした次兄が神父役をするといい、チャペルでの式まで再現される。

病めるときも健やかなるときも、という例の言葉も復唱させられた。

「では、花婿は花嫁に誓いのキスを」

「慶樹兄さん、ふざけすぎ！」

「ヴェールは上げてもいいのか？」

「藍堂⁉」

「ええ。かまいませんよ」

「……っ」

想定外に次兄のプランに乗った彼が、維月の顔を覆っていたマリアヴェールを恭しい手つきで上げた。

肩に手を置かれ、上体をかなり屈めて形のいい唇が近づいてくる。

「ら、藍堂っ」

「嫌か？」

「あなたとキスするのは、やじゃないけど…」

「ならば、こちらの世界流でも正式な婚礼をすませよう」

「正式ではないから」

「彼らの気がすむのなら、かまわない」

「藍……っん」

維月の家族を安心させてやりたいという藍堂の配慮に、胸が熱くなった。

降ってきた唇に瞼を閉じる。軽く触れる程度のキスだったが、家族に見られながらはやはり羞恥心が勝った。

しばらくは、彼の胸に顔を伏せたままでいたほどだ。その後、友人と連絡を取りたいのなら使うといいと、母親のスマートフォンを貸された。

そうは言っても、連絡先がわからなくてはどうにもできない。

そもそも、実家に帰ってきたのに、金鬼の里にいるより落ち着かなかった。

藍堂が風呂へ入っている間、家族と話したけれど、上の空でいた。彼と離ればなれなのが心細かったのだ。

肉親よりも誰よりも、藍堂のそばが安心できると思い知った。

「明日は、街に出かけてもいい？」

「おまえが望むなら」

「うん。里のみんなにお土産を買いたくて」

「そうか」

「なににしようかな」

考えながら、夜はゲストルームのベッドで休んだ。

翌日、朝食をすませて早速、彼とともに電車に乗って新宿まで足を延ばす。

今日の藍堂は黒のドレスシャツにチャコールグレーのジャケットとパンツといったコーディネートだ。自分は水色のシャツにグリーンのカーディガンを合わせ、カーキ色のパンツを穿いていた。

雑踏を二人で歩き、ウインドウショッピングもして、買い物もする。

馴染んだ光景かつ自分の居場所にもかかわらず、心は弾まない。

隣に彼がいてくれるから楽しいのであって、ひとりだったら話は別だ。帰ってきて、まだ一日しか経っていない時点で、もう里に戻りたくなっている。

瑠璃や玻璃、藍堂の両親、翠嵐、鬼たちが恋しい。

片や、藍堂はこちらの世界は不慣れなはずだが、なにを見ても動じなかった。

彼のことだから、すべてを識っているのだろう。

土産を買ったあと、のどが渇いてカフェに入り、自分はアイスカフェモカ、藍堂は水出しコーヒーを頼んだ。

運ばれてきた注文品に窓際の席で口をつけてひと息つく。そこに、気遣わしげな視線とともに言われる。

「おまえにしては珍しく、気が立っているな」

「……わかるの？」

「おまえのことだからな」

「そっか。あ！　あなたに対してじゃないよ？」

「それもわかっている」

「だよね」

「どうした？」

「うん……」

維月によかれと思って里帰りさせてくれた藍堂に、どう答えればいいのか迷った。

さりげなく視線を逸らし、ふと周りを見回す。そのとき、ほとんど埋まっている店内の席に座った女性の大半が彼を見ているのに気づいた。

長身美形プラス長い金髪に眼帯の藍堂は、恐ろしく人目を引いていた。

小声だが、『あれが彼女なの？』とか、『美人かもしれないけど、ガリガリじゃない』とか、『カレシ自慢する女って微妙』等々の悪意まじりの囁きが耳に入ってくる。

維月を同性と勘違いしたあげく、敵と見做しているのだ。

こんな事態は里では経験がないので、いちだんと心がささくれ立つ。新婚旅行とワクワクしていたはずが、少しも楽しくなかった。

「……もうやだ」

「維月？」

「全然、落ち着かない。帰りたい」

「ならば、これからおまえの家に…」

「そうじゃなくて……みんなのところに、帰りたいの」

縋るように藍堂を見つめて、耐え切れずに本音を漏らした。

この世界のどこにいても、実家ですら心が安まらないとわかった。自分がいるべき場所はここではなくなっているのだと痛感している維月に、彼が言う。

「その口ぶりだと、家族のもとではなさそうだな」

「…うん。ごめんなさい」

「なぜ、謝る？」

「だって。せっかく…」

維月のために里帰りさせてくれているのにと返すと、端整な口角が上がった。

おもむろに身を乗り出し、テーブル越しに顔を寄せてきた藍堂に髪にキスされる。次いで額、目尻、頬とつづき、唇同士が重なった。

店のあちこちから息を呑む音や、食器をぶつける音、小さな悲鳴が聞こえてくる。

衆人環視の中、人目を気にせずに唇を触れ合わせたまま、囁かれる。

「約束を果たしただけだ。あとは、いつでも帰れる」

「あ……」

「こちらの世界にいておまえがつらいのなら、いる意味はない」

「あなたがいてくれさえすれば、僕は…っ」

「私も同じだ」

「お願い。里に連れて帰って」

「家族に別れを告げずにいいのか？」

「うちのみんなが、あなたを好きすぎるから今は会いたくない」

「そうか」

互いに、義理の家族から好意的に接してもらえるのはありがたい。ただ、度が過ぎているのが問題だった。

藍堂との仲を反対されたり、嘆き悲しまれたりしないだけましと理解はできるが、感情が追いつかない。

「……これで子を授かった日には、どうなることか」

「え？」

「いいや」

低い呟きを聞き逃し、訊ね返したけれど、なんでもないと答えられた。

不意に、眼前にある彼の右眼が金色から紅色に変わる。長い腕が肩に回り、抱き寄せられたと思った瞬間、見慣れた和室にいた。

胸いっぱいに里の空気を吸い込み、ようやく安堵感を覚える。

金色に戻っている右眼を見上げ、心からの笑顔を湛えた。

「あなたのいるところが、僕が帰る場所だよ」

「おまえは、私の生きる意味だ」

かけがえのない存在とともに在れる幸せを噛みしめながら、維月は甘いキスと濃厚な愛撫に溺れていった。

あとがき

こんにちは。もしくは初めまして、牧山ともと申します。

このたびは、『鬼に嫁入り～黄金鬼と輿入れの契り～』をお手に取ってくださり、誠にありがとうございます。

タイトルにもありますように、今回は鬼×花嫁を書かせていただきました。

カップリングの片方は人間で、鬼以外の異種族もいますが、出てくるキャラのほとんどを鬼が占めています。

キャラクターのビジュアルや世界観を考えるのを楽しんだ結果、鬼は人よりもかなり長身の種族にしました。おつきあいすると、見上げてばかりで首が痛そうです。

ここからは、お世話になった皆様にお礼を申し上げます。

まずは、麗しいイラストを描いてくださいました周防佑未先生、ご多忙な中を本当にありがとうございました。

勇壮な攻めと、清雅な維月を魅力たっぷりに描いてくださり、ありがとうございます。ひさしぶりにご一緒できて、とてもうれしかったです。

担当様にも、大変お世話になりました。また、編集部をはじめ関係者の方々、サイト管理等をしてくれている杏さんも、お世話になりました。

そして最後に、この本を手にしてくださった読者の皆様に、最上級の感謝を捧げます。年明け以降、落ち着かない情勢がつづいておりますが、拙著にてほんの少しでも楽しんでいただけましたら幸いです。

お手紙やメール、メッセージも、ありがとうございます。

それでは、またお目にかかれる日を祈りつつ。

牧山とも　拝

二〇二〇年　秋

牧山とも　オフィシャルサイト　http://makitomo.com/
Twitter　@MAKITOMO8

牧山とも先生、周防佑未先生へのお便り、
本作品に関するご意見、ご感想などは
〒101-8405
東京都千代田区神田三崎町2-18-11
二見書房　シャレード文庫
「鬼に嫁入り～黄金鬼と輿入れの契り～」係まで。

本作品は書き下ろしです

CHARADE BUNKO

鬼に嫁入り～黄金鬼と輿入れの契り～

【著者】牧山とも

【発行所】株式会社二見書房
東京都千代田区神田三崎町2-18-11
電話　03(3515)2311[営業]
　　　03(3515)2314[編集]
振替　00170-4-2639
【印刷】株式会社 堀内印刷所
【製本】株式会社 村上製本所

落丁・乱丁本はお取り替えいたします。
定価は、カバーに表示してあります。

ISBN978-4-576-20160-3

https://charade.futami.co.jp/